GESICHTE

DISLER

IKEMURA

ISELI

KRATKY

MELCHER

MOSER

RADELFINGER

RAETZ

ROESCH

SCAPA

SCHIFFERLE

WICK

GESICHTE

TINA GRÜTTER
ANGELIKA AFFENTRANGER-KIRCHRATH

6. JUNI BIS 15. AUGUST 1993
MUSEUM ZU ALLERHEILIGEN
KUNSTVEREIN SCHAFFHAUSEN

4. FEBRUAR BIS 4. APRIL 1994
BÜNDNER KUNSTMUSEUM CHUR

BENTELI VERLAG BERN

Ausstellungskonzept und Realisation:
Tina Grütter

Katalogtexte:
Angelika Affentranger-Kirchrath, Tina Grütter,
Josef Helfenstein, Silvia Hess, Gerhard Mack
Zusammenstellung der Biographien:
Kathleen O. Bühler

Fotos: siehe Fotonachweis
Sekretariat: Nelly Menzi
Diaprojektion: Jürg Gasser, Zürich

© 1993 Museum zu Allerheiligen, Schaffhausen
Benteli-Werd Verlags AG, Wabern-Bern
© der Abbildungen bei den Künstlern,
Stichting Beeldrecht, Amsterdam,
VG Bild-Kunst, Bonn und Pro Litteris, Zürich
Gestaltung und Lektorat: Benteliteam
Satz und Druck: Benteli Druck AG, Wabern

ISBN 3-7165-0892-6

INHALT

- 7 Vorwort
- 8 Angelika Affentranger-Kirchrath
  Das Gesicht als namenloses Gegenüber
- 33 Tina Grütter
  Begegnung mit Gesichten
- 36 Tina Grütter
  Das Bild des Gesichtes — zur Ausstellung

- 39 Die Künstler
- 40 Rolf Iseli (Gerhard Mack)
- 46 Wilfrid Moser (Tina Grütter)
- 52 Martin Disler (Tina Grütter)
- 56 Leiko Ikemura (Tina Grütter)
- 62 Tomas Kratky (Josef Helfenstein)
- 68 Peter Radelfinger (Tina Grütter)
- 74 Cécile Wick (Tina Grütter)
- 82 Silvia Hess
  Ich war bei Undine — vor langer Zeit
- 84 Markus Raetz (Gerhard Mack)
- 90 Peter Roesch (Gerhard Mack)
- 96 Gaspare O. Melcher (Tina Grütter)
- 100 Klaudia Schifferle (Gerhard Mack)
- 106 Ted Scapa (Tina Grütter)

- 112 Künstlerbiographien
- 116 Verzeichnis der Abbildungen
- 118 Fotonachweis

LEIHGEBER

Die Künstler
Cabinet des estampes, Genf
Galerie Anton Meier, Genf
Galerie Brandstetter & Wyss, Zürich
Galerie Elisabeth Kaufmann, Basel
Galerie Krugier-Ditesheim, Genf
Genossenschaft Migros, Bern
Theres Iseli, Bern
Eliska Kratky, Burgdorf
Kunsthaus Zug, Dauerleihgabe Vesna Bechstein
Kunstmuseum Bern, Sammlung Toni Gerber
Dr. Peter Nathan, Zürich
Museum zu Allerheiligen Schaffhausen
Nachlass Werner Hartmann

SPONSOREN

Migros Genossenschaftsbund
Pro Helvetia, Schweizer Kulturstiftung
Cilag AG Schaffhausen
Kanton Graubünden

DANK

Wir danken allen Künstlern, die sich für das Thema dieser Ausstellung begeistert haben und ihre Werke zur Verfügung stellen, den übrigen Leihgebern, den Mitarbeitern und den Autoren für ihre Beiträge, die mit interessanten Gesprächen zum Thema begleitet waren. Wir danken dem effizienten Benteliteam und natürlich den hier aufgeführten Sponsoren, ohne welche die Ausstellung nicht hätte realisiert werden können.

VORWORT

> von den pluralbildungen ist gesichte die ältere,
> edlere, jetzt nur in der bedeutung ‹visionen› gebräuchlich...
>
> bild, vorstellung: namentlich des schaffenden künstlers,
> traum des dichters.
>
> (Grimmsches Wörterbuch Bd. 4, Leipzig 1897)

Das Gesicht ist ein Thema in der bildenden Kunst der Gegenwart. Dies fällt nicht nur beim Gang durch Ausstellungen und Kunstmessen auf, sondern auch beim Blick auf die Einladungskarten zu Vernissagen, die sich auf dem Museumsschreibtisch häufen: überall Gesichter, die uns von Wänden und Sockeln, aus Blättern oder A5-, A6-Format-Karten, aber auch aus der Mattscheibe entgegenblicken.

Die Konzentration auf das Gesicht scheint eine organische Entwicklung innerhalb der neuen Figuration zu sein. Während sie sich in der Malerei der «Wilden» und in den Performances zu Beginn der achtziger Jahre als bewegte Entäusserung der Körpersprache zeigte, wachsen in den letzten Jahren Gesichter aus den Figuren heraus, als ob ein Bedürfnis bestünde, dem Menschen als einem Gegenüber neu zu begegnen – vielleicht provoziert durch den Verschleiss von Gesichtern, die täglich durch die Massenmedien auf uns zukommen, ohne dass sie zum Gegenüber werden. Es bleibt bei einer Konfrontation ohne Begegnungsmöglichkeit. Das Gesicht ist, wie Angelika Affentranger-Kirchrath in ihrem Aufsatz darlegt, mit der Abstraktion fast ganz verschwunden. Wenn es in der bildenden Kunst gegen Ende dieses Jahrhunderts wieder auftaucht, so ist es ein anderes geworden. Hinter ihm steht eine veränderte Sehweise.

In diesem Auftauchen der Gesichter in den visuellen Künsten interessierte uns nicht das Gesicht als Porträt oder als plastische Form, als Kopf, sondern als Erscheinung, als Vision, als Erschautes im Sinne des altdeutschen Plurals die «Gesichte» (nach Grimms Wörterbuch). Es ist das Gesicht in seiner anspruchsvollsten Form, in seiner stärksten Bildhaftigkeit. Seine Darstellung fordert die abstrakten Mittel der visuellen Künste heraus, Bewegung, Raum, Licht. Gesichte bleiben nicht am Motiv haften, sie führen über dieses hinaus. Die Ausstellung befasst sich mit diesem «anderen» Gesicht. Es ist uns bewusst, dass es sich um ein grosses Thema handelt. Dieses kann entweder mit aufwendigen finanziellen und personellen Mitteln über Jahre hindurch, alle Epochen beleuchtend, erarbeitet werden oder so wie wir es wagen möchten: anhand eines präzise umrissenen Ausschnittes, eines Fragments, Einblick zu geben in die interessante Thematik.

Das Gesicht ist nicht nur ein Thema der visuellen Künste, sondern auch der Literatur der Gegenwart. Die lyrische Erzählung von Silvia Hess, die Teil des Kataloges ist, lässt das Gesicht aus einem anderen als dem Medium der bildenden Kunst erstehen – die Bilder ihrer Gesichte jedoch, die sie schreibend schafft, gleichen denjenigen unserer Künstler. Die Ausstellung setzt sich aus zwei Teilen zusammen: einem historischen ersten Teil, in welchem die Gesichter in ihrer Transponierung zu Gesichten bei bedeutenden Repräsentanten zu Beginn unseres Jahrhunderts, dem Kunstbegriff der Moderne verbunden, beleuchtet wird (von Odilon Redon bis Arnulf Rainer). Dieser Teil wird aus Gründen der Realisierbarkeit in Dia-Projektionen vorgestellt. Der zweite Teil zeigt Gesichte von Schweizer Künstlern aus verschiedenen Generationen, in deren Werk das Thema einen wichtigen Stellenwert erhalten hat. Die meisten Arbeiten sind seit Mitte der achtziger Jahre entstanden. Sie zeigen die Gesichte sowohl als Einzelerscheinung als auch aus der Masse auftauchend. Die Ausstellung umfasst Malerei, Zeichnung, Druckgrafik, Fotografie und Skulptur. Sie soll zugleich einen Einblick geben in die verschiedenen Ausdrucksmöglichkeiten der Schweizer Kunst der Gegenwart. Dabei erhebt sie nicht den Anspruch, das Thema kunstgeschichtlich zu verankern, sondern sie will es in seiner Bedeutung für unsere Zeit ins Bewusstsein heben. Durch das unvermittelte Zusammentreffen von Gesichten internationaler Künstler der Moderne und von Schweizer Künstlern der Gegenwart entsteht ein Spannungsfeld, in welches der Betrachter sich mit seinen eigenen Bildern, seinen Vorstellungen und Erinnerungen von Gesichten miteinbeziehen kann; er kann darin sein zweites Gesicht entdecken – oder sein eigenes verlieren.

Tina Grütter
Museum zu Allerheiligen
Schaffhausen

Beat Stutzer
Bündner Kunstmuseum
Chur

Angelika Affentranger-Kirchrath

DAS GESICHT ALS NAMENLOSES GEGENÜBER

Das Gesicht ist Ort erster Begegnung. Die Mutter beugt sich über ihr Kind, dieses greift an ihre Nase, an ihren Mund, streift über ihre Augen und erfährt ihr Gesicht als noch nicht benennbares Gegenüber, als erstes Zeugnis des unmittelbar Menschlichen. Das Kind zeichnet, und immer wieder, wie zufällig, ergänzen sich die hingeworfenen Kürzel und Kritzel zu knappen physiognomischen Angaben, Gesichter zeigen sich – lachende Sonnengesichter vielleicht. Sie tauchen für einen Moment empor und können schon im nächsten Augenblick von weiteren Farbschlieren wieder getilgt werden.

Der Blick der Bergbewohner schweift umher, bis er auf dem Gesicht eines Berggeistes zur Ruhe kommt, dessen grobe, von der Natur gemeisselten Züge sich aus den Felsformationen herausschälen und einen Dämon, halb Tier, halb Mensch, offenbaren.

Oft sucht auch der Künstler im namenlosen Gesicht das Unmittelbare der ersten Begegnung, die sich als blosse Ahnung dem formalen Zugriff und der stilistischen Einordnung entzieht.

Das Nicht-Porträt

In einem revolutionären Umbruch vollzog sich am Ende des 19. Jahrhunderts die Wende zur modernen Kunst. Gesetze, die seit der Renaissance als unumstössliche Normen respektiert wurden, galten nun als fragwürdig, Themen und Topoi, über Jahrhunderte tradiert, verloren ihre Bedeutung. Im Symbolismus und Jugendstil entfernte man sich vom anthropozentrischen Weltbild und suchte in der Verschmelzung mit dem Kreatürlichen eine animistische Belebung der Materie. Die Impressionisten und Kubisten führten die Kunst auf ihre formalen Grundlagen zurück und bedienten sich der menschlichen Figur bloss noch als Versatzelement im Bildgefüge. Sie wurde auf minimale Angaben reduziert, bis sie schliesslich in der abstrakten Darstellungsweise ganz ausgelöscht wurde. Der Mensch fungiert hier bloss noch als geistige Instanz.

Trotz dieser vorherrschenden Tendenz, die vom Gegenständlich-Figürlichen wegführte und das Formal-Rationale über das Inhaltlich-Emotionale stellte, gab es aber immer auch Künstler, deren Hauptinteresse dem Menschenbild – allerdings einem entgrenzten – galt. Die Erfahrung des Daseins in seiner schillernden Ambivalenz und Relativität, wie es dem Menschen am Ende des 19. Jahrhunderts durch die Umwälzungen in Technik, Wissenschaft und Religion drastisch bewusst wurde, eröffnete ihnen neue schöpferische Dimensionen: Sie erforschten nicht mehr die individuelle Persönlichkeit in ihrer zeitlichen Verhaftung, wie es das vorrangige Anliegen der Bildniskunst seit der Renaissance war, sondern sie wollten das Überindividuelle im Menschen als eine Form der Selbstentäusserung, als ein Oszillieren zwischen verschiedenen Seinszuständen, als ein Schweben zwischen Ursprünglichem und Endzeitlichem sichtbar machen. Die Kunst des Mittelalters, der Naturvölker, die Ausdrucksweise der Kinder und der Geisteskranken wirkten in ihrer von keinen akademischen Regeln gebrochenen Intensität und Spontaneität beispielgebend. Wie diese verzichteten sie in ihrer Gestaltung nicht auf gegenständlich-figürliche Bildelemente und fanden in der menschlichen Figur – insbesondere in den Zügen des Antlitzes – ein geballtes Ausdruckspotential. Ihre erschauten Gesichter, oft nur durch minimale Angaben vermerkt, richten sich als ergreifender unmittelbarer Appell des Menschen an den Menschen und sprengen als solche die Ebene des Formalen.

Der Begriff ‹Gesicht(e)›, wie er hier thematisiert wird, lässt sich am besten per negationem als Nicht-Porträt definieren. Allerdings ist die Trennungslinie zwischen den beiden Ausdrucksbereichen nicht immer einfach zu ziehen. Als Abgrenzungskriterium diente daher die Frage, ob sich der Künstler auf eine reale Vorlage (auf ein lebendes Modell oder eine Fotografie mit dokumentarischer Funktion) gestützt und damit Ähnlichkeit zur optischen Wirklichkeit impliziert, oder ob er sich auf die Kräfte seiner Imagination berufen und sich vom Mimesis-Diktat befreit hat.

Wenn im folgenden den verschiedenen *Ausprägungen des Gesichtes* in der Malerei und Graphik – jenen Medien, die sich zur Wiedergabe des Transitorisch-Erscheinungshaften besonders eignen – des ausgehenden 19. und des 20. Jahrhunderts nachgespürt wird, kann es dabei nicht um die enzyklopädische Erfassung aller Künstler, die sich dem Motiv gewidmet haben, gehen; vielmehr wird am Beispiel von wenigen, in diesem Zusammenhang besonders repräsentativen Malern eine Annäherung an das komplexe Phänomen versucht. Die lose Aneinanderreihung der einzelnen Exponenten resultierte aus der Erkenntnis, dass jeder von ihnen einen eigenen Darstellungsmodus für das Gesicht gefunden und ihm innerhalb des Gesamtwerks ungleiche Bedeutung beigemessen hat. Bei einigen erscheint das Gesicht nur während eines bestimmten Zeitabschnitts, bei anderen ist es durch das ganze Werk hindurch präsent. Trotz der heterogenen Ansätze, mit denen das Motiv aufgegriffen wurde, lassen sich die Einzelaspekte drei Hauptkategorien zuordnen: Im ersten Kapitel steht das genuin aus der Innenschau empfangene Gesicht(e) im Zentrum. Ihm folgt eine Gruppe von Künstlern, die über die Gestaltung des Gesichtes eine Rückbindung an die unverbrauchten Quellen der Kreativität von Kindern, Geisteskranken oder Naturvölkern suchten. Im dritten Kapitel sind Künstler vereint, die eine Sakralisierung des Gesichtes in der Neudefinition des Ikonenbildes anstrebten. Fast alle waren sie Aussenseiter, die sich vom gesellschaftlichen Leben und von gängigen künstlerischen Strömungen distanzierten, um sich dem Gesetz ihrer inneren Vorstellung zu überlassen.

Metaphern des Übergangs

Odilon Redons (1840–1916) häufig wiederkehrendes Motiv des Auges wächst aus zum Rund des Gesichts. Als solches führt es hinein in die Metaphysik seiner bildnerischen Kosmogonie, in der sich Schöpfungsmythos und Endzeitvisionen berühren. In den Graphiksuiten ist es omnipräsent und

Odilon Redon, Das Auge entschwebt wie ein bizarrer Ballon ins Unendliche, 1882, Lithographie, 26,2 × 19,8 cm, aus «A Edgar Poe», Kunstmuseum Winterthur

Odilon Redon, Da gab es auch embryonale Wesen, 1885, Lithographie, 23,8 × 19,7 cm, aus «Hommage à Goya», Kunstmuseum Winterthur

gehört der Welt des Schwarzweissen an. Wo noch nichts ist, ausser Chaos und Urschlamm hat sich das Auge bereits herangebildet. Es beseelt das Ungeformte, inspiriert es. Wimpernlos mit riesiger Pupille scheint es alles wahrzunehmen, zu durchdringen. In seiner Wandelbarkeit sind ihm keine Grenzen gesetzt: es schwebt durch Himmel, gleitet über Meere, erschafft sich bodenlose Räume und magische Welten. Hinter geschlossenen Lidern taucht es ein in Zonen des Unterbewussten und sieht im Unsichtbaren das Sichtbare. Entweder bleibt es selbständiges Wesen oder es verbindet sich mit anderen physiognomischen Angaben zum geschlechtlich nicht ausdifferenzierten Gesicht des Hermaphroditen. Es ist ein Götterauge mit suggestiver Bannkraft und zugleich auch ein unerschütterliches Forscherauge, dem nichts entgeht.

Im Auge versinnbildlichte Odilon Redon sich selbst, seine Phantasie und Schöpferkraft einerseits, und seinen Willen zur nüchtern konstatierenden Präzision andererseits. Im freundschaftlichen Umgang mit dem Graphiker Rodolphe Bresdin und dem Botaniker Armand Clavaud erlernte er die akribisch genaue Erfassung des naturtreuen Abbilds und den Umgang mit dem Mikroskop. Bei aller interessierten Zuwendung zum einzelnen Naturding entsprach Redon die isolierte Betrachtungsweise nicht. Er erkannte im Baum die ganze Natur, im Mikrokosmos den Makrokosmos und im Diesseitigen das Jenseitige. Die Anlage zum Spekulativen, ja Visionären verband ihn mit Edgar Allan Poe und Goya, denen er je eine Graphiksuite widmete und verwies ihn auf die Kunst von Delacroix und Gustave Moreau. Redon wusste um die Bipolarität seiner Fähigkeiten und nützte sie als Künstler: «Meine ganze Eigenart besteht wohl darin, unwahrscheinliche Wesen nach den Gesetzen des Wahrscheinlichen wie Menschen leben zu lassen, indem ich, soweit wie möglich, die Logik des Sichtbaren in den Dienst des Unsichtbaren stelle».[1] Die Darstellung des Irrealen im Gewand des Realen (ein Gestaltungsmittel, das später von den Surrealisten programmatisch eingesetzt wurde) erzeugt die fremdartig phantastische Suggestivkraft von

Redons Werken. Die Fähigkeit, stilistische Gegensätze nicht auszuklammern, sondern gemeinsam gestalterisch zu nützen, machte ihn in seiner Zeit zum Einzelgänger. Keiner Gruppe liess er sich zuordnen. Im Kern seines Wesens war er auch kein Symbolist (als den man ihn gerne zu klassieren suchte), denn seine Chiffren – insbesondere Auge und Gesicht – lassen sich ikonographisch nicht aufschlüsseln, wie das etwa bei Moreaus Motiven möglich ist. Sie sind Symbole, gewiss, doch wofür stehen sie? In ihrer metamorphotischen Anlage wohl am ehesten für die Wandelbarkeit alles Seienden, für die fliessenden Grenzen zwischen den Wirklichkeiten.

Ein Einzelgänger, der erst spät zu Anerkennung gelangte, war auch der Belgier *James Ensor* (1860–1949). Zugehörig zur Generation von Munch und Van Gogh hat er sich wie diese von den Anliegen der Impressionisten abgewendet, um nach innen zu horchen und den eigenen Seelenzustand zu ergründen. Seine Stärke war aber nicht die expressive Steigerung und Erregtheit des Ausdrucks, sondern die subtile Anklage in ironisch-sarkastischem Ton. Ensor sah sich der niederländischen Tradition verpflichtet und war ein Bewunderer Hieronymus Boschs und Pieter Bruegels. In den verzerrten Fratzengesichtern ihrer Figuren, mit denen sie der Gesellschaft einen Bannspiegel vorhielten, erkannte er wohl Vorboten der Maske, jenes Motivs, das insbesondere zwischen 1885 und 1891 seiner Kunst den Stempel aufprägen sollte. Zugleich gehörte Ensor ganz in die zwiespältige Epoche des Fin de Siècle, für dessen Stimmung er mit seinen frühen düstertonigen Interieurbildern eine aequivalente Umsetzung fand. Und auch im Medium der Maske verbirgt sich die Spannung des Menschen am Ende des 19. Jahrhunderts, der sich mit sich, mit der Gesellschaft und mit Gott überworfen hat, der fragt und keine Antwort findet.

In seiner Geburtstadt Ostende, an die er wie mit Ketten gebunden war, fühlte er sich zunehmend isoliert. Seine Welt waren die Bürger von Ostende, die er hasste, weil sie

James Ensor, Les masques et la mort,´ 1897, Öl auf Leinwand, 78,5 × 100 cm
Musée d'Art Moderne, Liège

James Ensor, Les masques singuliers, 1892, Öl auf Leinwand, 106 × 80 cm
Musées Royaux des Beaux-Arts de Belgique, Bruxelles

Paul Klee, Paukenspieler, 1940, Pinsel und Kleisterfarbe auf Bütten auf Karton, 34,6 × 21,2 cm, Paul Klee-Stiftung, Kunstmuseum Bern

ihn ablehnten. Die Maske wurde seine Verbündete. Wem er sie vorhielt, den liess er in dämonischer Larve erstarren. Während die Maske bei den Naturvölkern zu einem Träger gehört und im kultischen Akt mit dessen Wesen verwächst, verbirgt sich hinter Ensors Maske kein Gesicht, denn sie ist selbst Gesicht, eine fratzenhafte Hülse von Leben – Totes, das sich wieder verlebendigt hat. Maske und Totenschädel erscheinen oft zusammen und evozieren einen theatralischen Irrlichtzauber. Kopf an Kopf gedrängt, frontal dem Betrachterblick ausgeliefert, werden sie auf der Leinwand aufgereiht. Dahinter klafft gähnende Leere.

Ensor erlebte Ostende als phantastischen Mummenschanz, zu dessen Narren er sich selbst zählte. Indem er sich mit der Figur des Pierrot identifizierte, bezog er sich in den Reigen der Maskenwesen ein.

Nicht formale Gestaltungsabsichten leiteten Ensor, wenn er Masken im Trödelladen und auf dem Dachstock aufstöberte, sondern ihre suggestive Kraft entfachte seine Faszination. Die Masken, in schrillen Farbkombinationen gemalt, sind halluzinierte Gesichter, die Ensor in der Zeit seiner Isolation obsessiv bedrängten. Sie haben ihn verlassen, als sich die lähmende Sicherheit des Ruhms einstellte.

In Ensors phantastischer Maskerade scheint Alfred Kubins Roman «Die andere Seite» traumwandlerisch vorausgeahnt. Im chamäleonartigen Gesicht des Übermenschen Patera, unheimlich changierend zwischen Kind und Frau, Hengst und Vogel, vollzieht sich ebenfalls eine Metamorphose als Prozess der Verlarvung. Das Gesicht, auf nichts mehr fixierbar, verliert hier seine Funktion als Gegenüber und wird zum Ausdruck einer tiefgreifenden Verunsicherung.

Beide, Ensor und Kubin, waren für den jungen *Paul Klee* (1879–1940) von Bedeutung. In seinen bizarren Karikaturen nahm er das Motiv der Maske auf und nützte es in seiner Dialektik von Verbergen und Enthüllen. Er entlarvte damit die Floskeln einer sinnentleerten Gesellschaft und hielt sich selbst auf der Suche nach der eigenen Identität immer wieder neue Masken vor. Bei Ensor entdeckte er auch das

Paul Klee, Tod und Feuer, 1940, Öl auf Jute, 46 × 44 cm, Paul Klee-Stiftung, Kunstmuseum Bern

Gestaltungsmittel der sich verselbständigenden Linie, welche sich vom direkten Gegenstandsbezug gelöst hat. In der systematischen Erforschung der bildnerischen Mittel, die er auf ihre elementaren Möglichkeiten zurückführte, entfernte er sich vom figürlichen Gestalten und begab sich ins Gebiet des Abstrakten, wo das Konstruktive einer formalen Logik vorherrscht, auch wenn die Improvisation nie ihr Mitspracherecht verloren hat. Am Ende der dreissiger Jahre wandte er sich wieder vermehrt der figürlichen Darstellung zu, die er ohne abbildhafte Züge ganz aus der Imagination schuf. Aus schwarzen, breit aufgetragenen Linienbahnen ergeben sich schemenhafte Figuren. Klee bezog sich mit dem Stilmittel des stark umreissenden Kontur auf Picasso, von dessen 1932 im Kunsthaus Zürich gezeigten Ausstellung er begeistert war. Er übernahm das Mittel der Deformation zur Steigerung des Ausdrucks. 1939 betitelte er eine Zeichnung als «leicht barock und strebend nach Gesicht».[2] Fortan wurde das Gesicht für ihn zum wichtigsten Ausdrucksträger. Zwei Kreise nur oder Punkte im sonst abstrakten Liniengeflecht lassen sich zusammen mit anderen kürzelhaften Daten als Gesicht identifizieren. Manchmal bedeutet ein Auge das ganze Gesicht. Es ist ein Auge, das den Blick nicht wie bei Redon einer phantastischen Innenwelt zuwendet, sondern es ist leer, durchlässig. Innen und Aussen vermengen sich. Mit minimalen physiognomischen Angaben hat Klee das Gesicht in einer reichen Gebärdensprache immer wieder neu buchstabiert. Es sind Antlitze von «Gezeichneten» und «Beladenen»[3], die ihr Schicksal mit stoischer Gelassenheit zu ertragen scheinen. Gleichzeitig wirken sie kindlich naiv und unbedarft. Es sind Gesichter, die mit leeren Augen staunen und gütig vor sich hinlächeln. Sie stehen am fliessenden Übergang vom Tier zum Menschen und sind nichts von beidem. Geschlechtlich undifferenziert, ohne zivilisatorische Merkmale, gehören sie einem Elementarbereich flüchtig ephemerer Luftgeister an. Sie sind wie Redons Geschöpfe durch keine Interpretation einzuholen und entsteigen als intime Gesichte der Vision des Künstlers. Im Unterschied zu Ensor hat Klee im Medium des Gesichtes den Tod nicht ins Leben hinübergeholt, sondern er hat, vor allem in den späten dreissiger Jahren, da er das eigene Ende voraussahnte, im Immateriellen das Materielle überwunden und das Körperliche im Geistigen aufgehoben.

Henri Michaux (1899–1984) begann in den zwanziger Jahren unter dem starken Eindruck von Lautréamonts «Maldoror» zu schreiben. Aus dem Umkreis von Paul Klee, De Chirico und Max Ernst empfing er erste prägende bildgestalterische Impulse. In den dreissiger Jahren förderte er beide Ausdrucksweisen parallel nebeneinander. Sie tangieren sich bloss in einem Punkt: Beide dienen der Darstellung eines «L'espace du dedans». Die Bilder Michaux' widersetzen sich rigoros dem Streben nach abbildhafter Ähnlichkeit, sie sind bar jeglichen illustrativen Charakters wie er auch in seinen Schriften die Grenzen des benennenden Wortes überschritt. Sowohl schreibend wie malend gewärtigte Michaux ständig den überraschenden Augenblick und war auf der Lauer nach dem noch nie Gesehenen. Er wollte die «innere Gärung» festhalten. Michaux war zeitlebens unterwegs. Zuerst durchstreifte er die Länder des Erdkreises, später unternahm er Reisen ins Innere des Bewusstseins, aufgepeitscht vom Halluzinogen Meskalin. Auch seine Gestalten sind hineingenommen in den Sog einer drängenden Bewegung, welche das körperlich Festgefügte mit sich fortreisst. Michaux' zittrig poröse Linie widersetzt sich dem fixierenden Kontur und führt in undefinierte Helldunkelzonen. Eines der wenigen Motive, das sich in all dem Ungeformten identifizieren lässt, ist das Gesicht. Es durchzieht sein ganzes Werk, taucht aus den lasierend fein aufgetragenen Schichten der Ölfarbe, aus den nassen Wasserschwaden des Aquarells und aus dem fleckigen Ungewiss der Tusche empor und hingehaucht zart ersteht es im Strich des Farbstiftes. Es erscheint als obsessive Emanation des Unbewussten, dessen Grenze ins Rationale es nie überschreitet. Es wird, um zu vergehen. Ein Gesicht jagt das andere. «Ich sehe wie im Fieber fortwährend Gesichter. Sobald ich

Henri Michaux, Lavierte Federzeichnung, 1947/48, 32×24 cm, Galerie Limmer, Freiburg i. Br.

Henri Michaux, o.T. 1981, Aquarell, 37,5 × 28,5 cm, Galerie Limmer, Freiburg i. Br.

einen Stift oder einen Pinsel ergreife, fliesst mir eines nach dem anderen aufs Papier. Zehn, fünfzehn, zwanzig, die meisten barbarisch.»[4]

Wie Ensor, dem anderen Belgier, haben sich auch Michaux die Gesichter aufgedrängt, indem sie seine Hand diktierten. Wenn jemand André Bretons Forderung nach einer «écriture automatique» nachgekommen ist, so war es Henri Michaux. Seine Phantasmagorien bestätigen aber auch die lapidare Behauptung von Botho Strauss: «Gesicht ist Fleck»[5]. Aus geballten, im Helldunkelbereich angesiedelten Fleckenformationen schälen sich schemenhafte Gesichtspartien heraus. Sie führen, wie imaginäre Röntgenbilder, den Blick unter die Haut, hinter das anatomisch Gebildete. Die Augen, auch sie blosse Flecken, wenden sich weder nach innen, noch nach aussen, und sie erschauen nicht Jenseitiges, sondern sie verweigern den Blick. Sie wollen nicht unterscheiden, wahrnehmen, erkennen. Sie wollen zurück ins Unentschiedene, ins Werdende, Gärende. Michaux war Zeitgenosse von Wols, Antonin Artaud und Samuel Beckett. Wie diese war auch er ein Gezeichneter vom Schicksal seiner Generation. Seine Gesichter sind identitätslos, unmenschlich unförmig, kaulquappenartig. Ein Schritt weiter und sie lösten sich im Nichts auf, ähnlich wie die Figuren Becketts, die sprechen und bloss Geräusche von sich geben.

Aufbruch zum Ursprung

Emil Nolde (1867–1956) gehörte zu den ersten Bewunderern der Kunst James Ensors, dessen Maskengesichter ihn inspiriert haben. Nicht der psychische Konflikt, verursacht durch die Entfremdung von der Gesellschaft, war jedoch für Nolde entscheidend, sondern umgekehrt: der mystisch-religiöse Drang hin zur Vereinigung mit dem Geschauten und Erlebten hat ihn zu seinen ungeschlachten Geschöpfen mit den riesigen holzschnittartigen Gesichtern bewogen. Nolde lebte ganz nahe am Pulsschlag der Natur, ja er selbst war ein Stück Natur. Intuitiv fühlte er sich denn auch zu den Naturvölkern hingezogen und entdeckte in deren Kunstwerken (von denen er sich eine reiche Sammlung anlegte) Parallelen zur eigenen Gestaltungsabsicht.

In seiner Jugend stiess er auf Klettertouren in den Schweizer Alpen auf ein unbezähmbares, überraschendes Gegenüber. Von den Felsformationen las er Gesichter ab, die sich später, unter seiner Hand, in skurrile Bergriesen mit starrendem Blick verwandeln sollten. Darin erinnert Nolde an die Maskenschneider in abgelegenen Bergtälern, welche aus dem Gesichtslosen Physiognomisches formen und in Geisterwesen, Trollen und Alraunen die dämonischen Kräfte zu bannen suchen.

Noldes Erfahrung bedurfte keines begrifflichen Instrumentariums, denn sie entstammte einem magischen Erlebnis von Ding und Welt. Eine romantische Sehnsucht nach Vereinigung mit dem Ursprünglichen trieb ihn an. Zurückgezogen auf der einsamen Insel Alsen konnte sich seine Malerleidenschaft zum wilden Tanz steigern. Aus den Zaubergeburten seiner funkelnden Edelsteinfarben wuchsen im sinnlich körperlichen Akt barbarische Gestalten mit scharf zugeschnittenen Gesichtern. In ihnen vermischen sich die Züge der Fischer und Bauern mit jenen der Naturgeister zur halluzinierten Imagination. So wie Nolde in den Naturdingen animistisches Leben erkannte, so übersetzte er umgekehrt das menschliche Antlitz ins natürlich Erdhafte.

Um 1912/13 mischten sich in die archaische Zeitlosigkeit der Figuren jedoch auch zeitgemässe Eindrücke. In Berlin faszinierten Nolde fremdartige Gestalten mit vom Leben gezeichneten Gesichtern. Dabei ist aber nichts zum anklägerischen, veristischen Protokoll geraten, wie man es später bei Otto Dix oder George Grosz findet, sondern alles bleibt intuitiv, zuweilen ins Phantastische gesteigerte Vorstellung. Nolde träumte vom Künstler als umfassender Persönlichkeit und wollte «Naturmensch und Kulturmensch zugleich, göttlich sein und Tier, ein Kind sein und ein Riese, naiv sein und raffiniert»[6]. Gewiss verkörperte Nolde eher den Natur-, als den Kulturmenschen, in seiner Kunst aber durchlief er das Spektrum polarer Gegensätze. So konnte seine Malerei in den aus tiefer Frömmigkeit gewachsenen,

Emil Nolde, Das Matterhorn lächelt, 1896, Bergpostkarte 10, Mischtechnik, 14×9 cm, Nolde-Stifung, Seebüll

Emil Nolde, Masken und Georginen, 1919, Öl auf Leinwand, 89 × 73,5 cm, Nolde-Stiftung, Seebüll

verklärten Darstellungen der Bibelszenen den Ausdruck spiritueller Gotteserfahrung annehmen und gleichzeitig dem Bereich des animalisch Chthonischen entsteigen.

Wie Nolde empfing auch *Gaston Chaissac* (1910–1964) seine wesentlichen Impulse aus der Natur. Den grössten Teil seines Lebens verbrachte er fernab von der französischen Metropole in den ländlichen Weiten der Vendée. Von Pariser Freunden wurde er über das aktuelle Kunstgeschehen informiert, sonst fristete er ein einsames Dasein unter der Dorfbevölkerung, die für sein künstlerisches Wirken kaum Verständnis aufbrachte. Dennoch fand er hier, von langen Fussmärschen durch die Gegend inspiriert, zu seinem unverwechselbaren Ausdruck. Ihm fehlte jede künstlerische Schulung; gerade aus dieser, durch keine akademischen Vorschriften gebrochenen Ursprünglichkeit des Gestaltens bezog er seine Eigenart. Und stolz konnte er behaupten: «Ich kann mich nicht Autodidakt nennen, denn ich habe nie gelernt zu malen, ich konnte es im vornhinein, und von einem Tag auf den anderen wusste ich, wie man ein Bild macht.»[6] Dubuffet, ein langjähriger Freund und Förderer Chaissacs, fand in dessen künstlerischem Selbstverständnis wesentliche Impulse für sein eigenes Schaffen und vor allem für die Definition des Art brut-Begriffes (auf den sich Chaissac allerdings nie fixieren lassen wollte).

Obwohl das Gesicht in Dubuffets Werk als redundantes Motiv auftritt und es auch bei den Art brut-Künstlern, so etwa bei Adolf Wölfli, häufig vorkommt, erscheint es bei ihnen doch vorwiegend als austauschbares, bildstrukturierendes Element unter anderen. Bei Chaissac hingegen wird das Gesicht zu einem Leitmotiv und erscheint mit insistierender Regelmässigkeit. Auch ihn hat das Gesicht verfolgt. Wie Nolde entdeckte ihm die Natur physiognomische Angaben, und er entzifferte sie auf Holzlatten, Baumstrünken und zerschundenen Mauern. In seinem Werk haben sie sich überall eingeschlichen und belegen die verschiedensten Bildträger wie Pavatex, Zeitungspapier, Fenster- und Türrahmen, Steine, zerbeulte Bleche oder Kofferdeckel. Witzig

Gaston Chaissac, Der schwarze Blick, 1959, Collage und Gouache, 65 × 50 cm, Galerie Nathan, Zürich

Gaston Chaissac,
Totem – Personnage au visage vert,
1959, Öl auf Holz, H 162 cm,
Galerie Nathan, Zürich

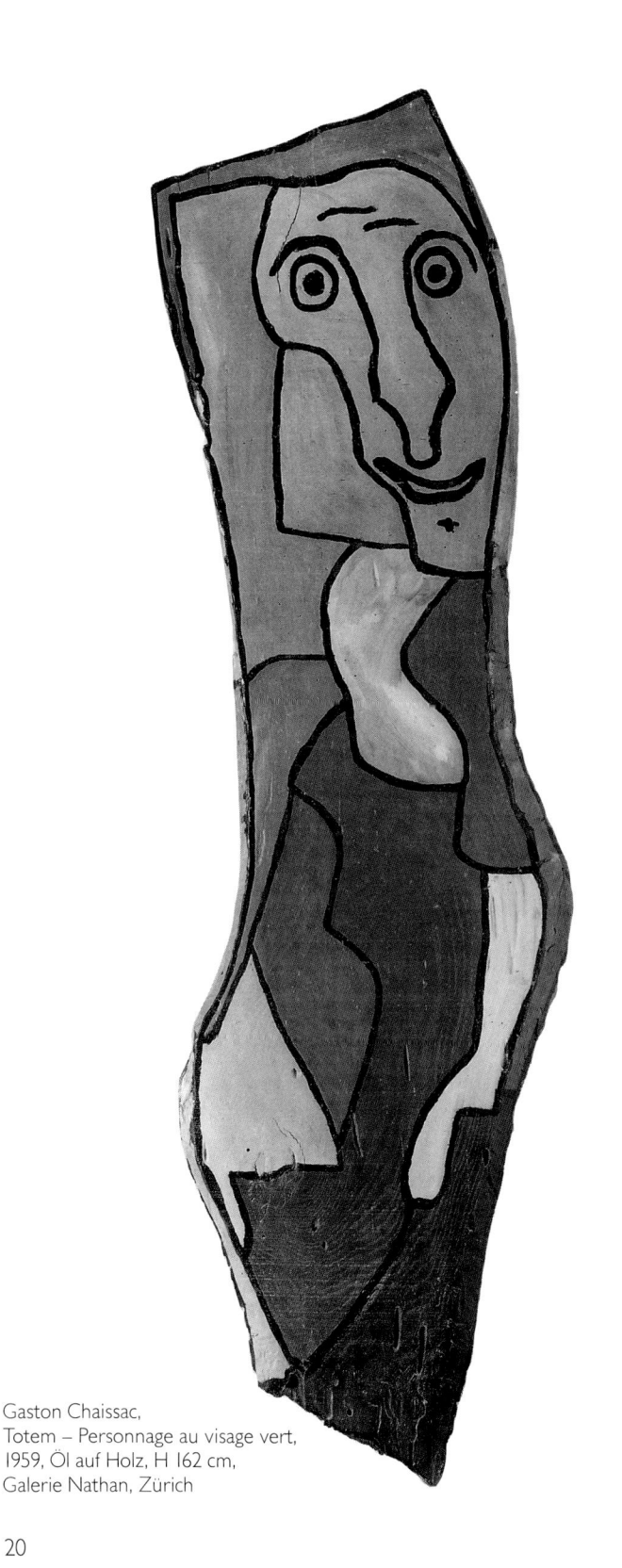

klug sind die physiognomischen Angaben dem jeweiligen Objekt angepasst, so dass sie mit ihm zur selbstverständlichen, wesenhaften Einheit verwachsen und den Rahmen des bürgerlichen Wandschmucks sprengen. Insofern nehmen sie die schnell hingeschriebenen Figurationen und Physiognomien der Graffitimaler vorweg und wirken wie Vorboten der Mauer-Emanationen Basquiats. Das Gesicht verändert den weggeworfenen Gegenstand und macht ihn zum animistisch belebten Ding mit unverwechselbarem Charakter. Nicht das Erschaffen von Kunst war Chaissacs Anliegen, sondern die Belebung der Materie. Selbst in seinen Schriftzügen – Chaissac richtete täglich bis zu dreissig Briefe an Bekannte und Unbekannte – hat sich das Gesicht eingenistet. Indem es als Bildzeichen im graphisch Kodierten auftritt, hemmt es den linearen Zeilenfluss, nimmt ihm für einen Moment das Abstrakte und führt es ins sinnlich Fassbare über, mutiert das diskursiv Logische ins magisch Runenhafte. Wie Antonin Artaud fertigte auch er «geschriebene Zeichnungen».

Von Picasso übernahm Chaissac das Stilmittel des schwarzen Konturs. Er umrandete seine Gesichter als wollte er sie in die Fläche des Bildes einbinden und vor dem Flüchtigwerden bewahren. Haben die kleinen Figürchen des Frühwerks mit dem kindlich naiven Blick noch einen klar definierten Körper, so löst sich die Gestalt ihrer Nachfolger auf, bis sie in ein abstraktes Ornamentgefüge übergeht. Das Gesicht hingegen, auch wenn es oft zittrig umfasst und von Beulen und Schrunden versehrt ist, bleibt als Einheit intakt. Seitdem sich Chaissac 1932 an einem Druidenfest beteiligt hatte, fühlte er sich zur Kultur der Kelten hingezogen. Er übersetzte deren im zyklischen Einklang mit der Natur stehendes Lebensprinzip in die Sprache des 20. Jahrhunderts. Die Kelten, überzeugt von der Flüchtigkeit des menschlichen Daseins, anerkannten in der Seele den Garanten für eine Fortdauer. Im Kopf verehrten sie den Sitz der Seele. Er erscheint denn auch in ihrer Kunst mit ausgeprägt abstrakt ornamentalem Charakter als eines der wenigen identifizierbaren Motive. Ohne individuelle Merkmale vereinigen

Asger Jorn, Am Anfang war das Bild, 1965, Öl auf Leinwand, 200 × 300 cm, Galerie van de Loo, München

diese archaischen Gesichter Göttliches und Animalisches, zerstörerische und aufbauende Kräfte. Obschon auch Chaissacs Physiognomien in ihrem maskenartigen Zuschnitt weitgehend ohne persönlichkeitsspezifische Angaben auskommen, glaubt man doch in ihnen hin und wieder Residuen seines eigenen Antlitzes aufblitzen zu sehen. Nicht als Hinweise von Ähnlichkeit werden sie fassbar, sondern als Ausdrucksträger von seelischer Befindlichkeit.

In seinem malerischen Impetus und autodidaktischen Ansatz steht Chaissac dem Dänen *Asger Jorn* (1914–1973), dem Begründer der Gruppe Cobra, nahe. Auch dieser setzte sich über die Trennung von freier und angewandter Kunst hinweg und überschritt die Grenzen der verschiedenen Stilebenen. Er verwahrte sich gegen jegliche Spezialisierung des Künstlertums und zeichnete, malte, filmte, töpferte, philosophierte und theoretisierte. In seinem Gestalten amalgamierte er Elemente aus Kinderzeichnungen, aus der Volkskunst und aus der von Dubuffet geförderten Art brut und führte sie in die eigene Bildsprache über, die immer auch getragen ist von einem in alten Mythen wurzelnden nordischen Naturgefühl. Im Gegensatz zu Chaissacs unprogrammatischem (wiewohl durchaus provozierenden) Schaffen definierte Jorn seine Haltung als bewusste, politisch motivierte Absage an die abendländisch klassische Kunstvorstellung und als Rückkehr zu den von westlicher Zivilisation unberührten Ursprüngen der Kreativität, zu den im menschlichen Unbewussten verankerten

Asger Jorn, Wiedersehen am Todesufer, 1958, Öl auf Leinwand, 100 × 80 cm, Galerie van de Loo, München

archetypischen Bildern in C.G. Jungs Sinn. In der Zerstörung des anerkannten Formenkanons, in der Umsetzung des psychischen Automatismus in eine leidenschaftliche, zügellose Spontaneität erschuf er seine im Chaos angelegten Bilder als herausfordernde Gegenwelt. Und wie zufällig schälen sich auch bei ihm aus den kaskadenartigen Farbschwaden Gesichter heraus. Nicht festumrissen sind sie wie bei Chaissac und auch nicht typenartig ausgearbeitet wie bei Nolde, sondern ähnlich wie bei Miró, im fliessenden Übergang zwischen Ungeformtem und Geformtem für einen Moment gebannt. Aus Zonen des Unbewussten, als «Vegetation der Psyche» (Werner Haftmann) zeigen sie eine vormenschliche Physiognomie einer von dunklen Mächten durchdrungenen Natur.

Der Holländer *Karel Appel* (1921 geb.) – auch er ein Mitglied der Cobra – konnte sich nicht wie Jorn auf eine lebendige nationale Mythen- und Legendentradition berufen. Auf sich selbst verwiesen, ergründete er den Bilderschatz seiner eigenen Kindheit und es gelang ihm – ähnlich wie Paul Klee – den vorschulischen, vorverbalen, vorkognitiven Ausdruck in all seiner unverbrauchten Frische zu reaktivieren. Meist vor leerem Bildgrund erstehen blockhafte Figuren mit Körpern aus geometrischen Fleckenformen und mit Extremitäten aus sich verdünnenden und verdickenden Strichen. Ihre expressive Vitalität sammelt sich in den Gesichtern und wird in den verwirrend ungleichen Augen fokussiert. Das eine ist rund, das andere eckig, das eine schielt und sein Widerpart starrt vor sich hin, das rote antwortet dem schwarzen. Jedes führt ein Eigenleben und fordert den Betrachter zum neckischen Spiel heraus. Oft sind die Augen aber auch als Kreise vermerkt und ihr Ausdruck ist bares Staunen, das fragende Staunen von Kinderaugen, die wie leere Gefässe das Leben schauend aufsaugen. Meist sind es fröhliche Gesichter, die ihre Lust am Dasein nicht verbergen. Warum sollten sie auch, sind sie doch aus dem gestischen Rhythmus der Hand, aus purer Lust am Gestalten erwachsen? Mehr als alle anderen Bildfindungen der Gruppe Cobra markieren sie den hoffnungsvollen Aufbruch nach dem Zweiten Weltkrieg und unmittelbar vor der Gewissheit des Kalten Krieges.

In ihrer naiven Unbedarftheit wirken sie aber auch anrührend zart, verletzlich und bedroht. Nicht lange haben sie gelächelt und gestaunt. Bereits nach 1951 haben Appels Wesen ihre kindliche Gebärdensprache verloren und erstarren in maskenhaft bedrohlichen Zügen, oder sie haben sich aufgelöst und sind eingegangen in ein Geflecht von Lineaturen und in ein Meer farbiger Inseln.

Karel Appel, Drehorgelspieler, 1947, Gouache und Fettkreide auf Papier, 43,8 × 55,7 cm, Stedelijk Museum, Schiedam

Karel Appel, Hipp hipp hurra, 1949, Öl auf Leinwand, 82 × 129 cm, Tate Gallery London, Leihgabe des Künstlers

Dunkel und Schweigen

Das Werk *Georges Rouaults* (1871–1958) zeugt von aufwühlender Lebenserfahrung. Es erwächst in der frühen Phase der Erregung eines verzweifelten Gottsuchers und legt in den reifen Jahren Zeugnis ab für einen zur Ruhe gekommenen Glauben. Rouault bezeichnete seine Kunst als «Confession ardente» und stellte damit den inhaltlichen Aspekt über die formalen Absichten, womit er eine konträre Position einnahm zu den meisten seiner gleichaltrigen Landsleute, insbesondere zu Matisse. Er sah sich der Kunst Rembrandts, Géricaults, Gustave Moreaus und Odilon Redons verpflichtet, die ihren bildnerischen Ausdruck der Vermittlung einer inhaltlichen Botschaft unterstellten. Die Welt des Zirkus ist in seinem ganzen Werk präsent. Weder handelt es sich um Toulouse-Lautrecs von prickelnder Erotik erfüllten Variétészenen, noch um die von Licht und Bewegung durchfluteten Bühnenbilder Degas; Rouaults Zirkusleute stehen als überindividuelle Metaphern für die Formen menschlicher Existenz. Er selbst identifizierte sich (darin ähnlich wie Ensor) häufig mit der Figur des Clowns. Mit dem Spassmacher teilt der Künstler das Los, zu unterhalten und anzuregen, auch wenn ihm der Sinn nicht danach steht. Der Zwiespalt zwischen gespieltem Gebaren und dem wirklichen psychischen Zustand reflektiert sich als spannungsvoller Widerstreit auf den Gesichtern der frühen Clowns. Sie entsteigen dunklen grünschwarzen Gründen und formieren sich aus hiebartigen Strichen. Hinter weit aufgerissenen Augen klaffen Widerwillen, Angst und Entsetzen. Später beruhigt sich die innere Erregtheit auf den Clowngesichtern und der Pierrot wird mit abgeklärter Miene selbst zum Zuschauer. Im reifen Werk bevorzugte Rouault die strenge Profil- und Frontaldarstellung, die dem Gesichtsausdruck zu seinem hieratischen Ernst verhilft. Unmerklich nähern sich nun die statischen Züge des Pierrot denjenigen der «Sainte face» an, dem Antlitz Christi, das ebenfalls Rouaults Werk leitmotivartig durchzieht. Mit beiden wollte er wohl sagen: schaut diesen Menschen an –

Georges Rouault, Sainte face, 1913, Tempera auf Karton, 86 × 60 cm, Privatsammlung Zürich

ecce homo – der verletzt und geschunden seine Würde nicht preisgegeben hat. Die «Sainte face» zeitigt unter allen Themenkomplexen am wenigsten stilistische Veränderungen und bildet auch die grosse inhaltliche Konstante innerhalb seines Werks. Im Heiligen Gesicht spürte Rouault einem Archetyp menschlicher Physiognomie nach. Gleichzeitig legte er damit ein Glaubensbekenntnis ab. Von seinen, in einem mystischen Glauben verwurzelten Schriftstellerkollegen Léon Bloy und André Suarès wurde er in die anfangs des 20. Jahrhunderts neu aufgeflammte Debatte um die Echtheitsfrage des in Turin deponierten Schweisstuchs der Heiligen Veronika[7] hineingezogen. Mit ihnen teilte er die Überzeugung vom Wahrheitsgehalt der Reliquie, was er mit der Darstellungsweise der «Sainte face» bekannte. In strenger Frontalität gegeben – darin auch die Tradition der byzantinischen Ikone und der ravennatischen Mosaike aufnehmend – ist das Gesicht vom schwarzen Kontur oval gefasst. Eine lange Nase verbindet die weit aufgerissenen oder geschlossenen Augen mit den zusammengepressten Lippen des Mundes. Im Vermögen grösster stilistischer Reduktion und in der Beschränkung auf ein Minimum an Gestaltungsmitteln erinnert Rouaults Darstellungsweise an die Künstler der romanischen Epoche, die in ihrem Skulpturenwerk ebenfalls ein Höchstmass an Ausdruck ohne expressives Pathos erreichten. Die Sphäre des Menschlichen wird transzendiert ins Spirituell-Übermenschliche. Die Erfahrung des Numinosen in Rudolf Ottos Sinn als «das Dunkel und das Schweigen»[8] wird hier verbildlicht.

Wird das Gesicht innerhalb der modernen Malerei thematisiert, so gebührt dabei *Alexej von Jawlensky* (1864–1941) besondere Beachtung, denn er hat es mit einer umfassend neuartigen Gebärdensprache definiert: Seine Gesichter sind visionär erschaute Gesichte und zugleich formal durchdachte, elementare Setzungen. Sie loten lichte und dunkle Zonen des Seelischen aus, sind als In-Bild weit entfernt von allem Abbildhaften, sind Zeugnis einer kindhaften Frömmigkeit, die sich zum Sublimen einer höchsten Spiritualität

Georges Rouault, Tête de clown tragique, 1904/05, Aquarell, Pinsel und Gouache, 37 × 26,5 cm, Kunsthaus Zürich

Alexej von Jawlensky, Abstrakter Kopf, Schicksal, 1918, Öl auf Karton, 43 × 33 cm Museum Wiesbaden

steigern kann. Im Unterschied zu Rouault war Jawlenskys Glaube nicht konfessionsgebunden. Sein religiöses Empfinden entsprang einem kosmischen Allgefühl, einer mystischen Erlebnisweise wie sie den östlichen Menschen auszeichnet. In Jawlensky scheint der russische Ikonenmaler Andrei Rubljew ein Fortleben gefunden zu haben. Für Jawlensky bedeutete Malerei Gebet und er fand seine Gebetsformel im menschlichen Antlitz. Bei einem Kirchenbesuch sah der Knabe, noch an der Hand der Mutter, im Glanz des Kerzenlichtes ein wundertätiges Madonnenbild. Diese Begegnung erwies sich für seinen späteren Werdegang entscheidend: «Seitdem war die Kunst mein Ideal, das Heiligste, nach dem sich meine Seele, mein ganzes Ich sehnte.»[9] Auf den heutigen Leser, der die Verschwisterung der Kunst mit dem Banal-Alltäglichen erlebt, mag dieses Bekenntnis schwärmerisch pathetisch wirken. Jawlensky aber und die von ihm besonders geschätzten Maler wie Cézanne, Van Gogh und Gauguin glaubten an eine Kunst, die ein in der Realität verlorengegangenes Paradies verheisst. Der Hang zum Mystischen verband Jawlensky auch mit Kandinsky, Klee und Feininger, die sich 1924 zur Gruppe der «Blauen Vier» zusammengeschlossen hatten.

Jawlensky wurde als Schüler von Ilja Rjepin in die Gattung der dunkeltonigen Genreszenen und Historienbilder eingeführt. 1896 geriet er in München in den Strahlkreis von Kandinskys Persönlichkeit. In der Folge begannen sich seine Bilder vom Deskriptiven wegzubewegen und hin zur Aussage des rein Bildnerischen zu entwickeln. Die Kriegsjahre verbrachte er zurückgezogen in der Schweiz. Im Jahr 1918, in Ascona, malte er zum ersten Mal Gesichter ohne Anklang an die optische Wirklichkeit und nannte sie «Abstrakte Köpfe», «Mystische Köpfe» oder «Heilandsgesichter». Fortan wird er sich auf die Ausformung dieses Motivs konzentrieren. Nur noch hie und da verweist eine Haarlocke oder die Krümmung einer Nase auf die Wirklichkeit eines Modells. Sonst sind alle individuellen Merkmale eliminiert. Die Gesichtszüge sind ins streng Geometrische stilisiert; innerhalb der festgelegten Bildgesetzlichkeit erweist sich der

Alexej von Jawlensky, Grosse Meditation, Johannes der Täufer, 1936, Öl auf Malpapier, 25 × 17,6 cm, Museum Wiesbaden

Spielraum der Ausdrucksmöglichkeiten jedoch als unerschöpflich. Das Formale wird von wenigen Grundkonstanten bestimmt: Jawlensky bevorzugte das Hochformat und löste damit den Blick des Betrachters von der erdgebundenen Vertikale. Das in planer Fläche gegebene Gesichtsfeld füllt das Bildgeviert. Übergrosse Mandelaugen mit starrer Pupille sind ausdrucksbestimmend. Eine dezidiert gesetzte Vertikallinie bezeichnet die Nase und führt zum Mund, einem Strich in der Waagrechten. Diese wenigen Angaben machen aus einem Gesicht ein Ideogramm. Der Farbe, die in losen Segmenten und Kreisformationen, in Schatten- und Lichtzonen die Bildfäche bespielt, geben sie eine feste Struktur. In den «Konstruktiven Köpfen» unterzog sich Jawlensky einer noch stärkeren strukturellen Schematisierung und beging damit eine Gratwanderung zwischen Figürlichem und Abstraktem. Er brauchte beide Komponenten, Inhalt und Form bilden eine Einheit: «Es war mir notwendig, eine Form für das Gesicht zu finden. Ich hatte verstanden, dass die grosse Kunst nur mit religiösem Gefühl gemalt werden soll und das konnte ich nur in das menschliche Antlitz bringen. Ich verstand, dass der Künstler sagen muss, was in ihm vibriert, was in ihm Göttliches ist.»[10]

Wenn er das Gesicht einer U-Form einbeschrieb, implizierte er damit das Hinstreben zu einer Urform des Gesichtes, ähnlich wie sich Rouault mit der «Sainte face» dem Archetypischen annäherte. In den «Meditationen» schliesslich hat er sich von allem direkt Benennbaren gelöst. Breite Pinselbahnen überziehen die Bildfläche. Russig schwarze Striche lassen Reminiszenzen eines menschlichen Gesichtes erahnen. Der eigentliche Gehalt aber kommt der Farbe zu. «Ich möchte ganz dunkle Sachen machen. Ich sehe das wie eine Vision vor mir[11]», sagte Jawlensky und siedelte seine Werke in einem konturauflösenden Schwarzbereich an. Daraus schälen sich wie aus glühender Kohle rote, blaue und gelbe Farbakzente heraus. Sie empfangen ihre Leuchtkraft als Bildinnenlicht aus einer geistigen Quelle. In ihrem lasierenden Auftrag erscheinen sie wie transparente Folien am Übergang von zwei Seinsbereichen. Jawlenskys Gesicht steht als pars pro toto nicht nur für den ganzen Menschen und seine Empfindungswelt, sondern auch für die Natur in ihrem zyklischen Wechsel. Immer ist es in seiner ruhigen Versunkenheit auch Vermittler des Geistigen. Fernöstliche Philosophie und Religion wiesen ihm den Weg zur Meditation. Das Weisheitszeichen als Sammelpunkt der spirituellen Energie erglänzt auf den Stirnen. Mit jedem neuen Gesicht relativierte Jawlensky die Einzigartigkeit des vorgängigen. Nicht einem bildnerischen Höhepunkt strebte er zu, sondern einer Gleichförmigkeit als Dauer, welche den einzelnen Moment im Prozess der Wiederholung ins Ewige überführt.

Jawlenskys Malerei vollzog sich als Akt der Vergeistigung und führte in einem Prozess der Selbstentäusserung über die formalen Bindungen hinaus. Auch *Arnulf Rainer* (geb. 1929) malt, «um die Malerei zu verlassen»; jedoch nicht ein mystisches Empfinden, sondern radikale Zweifel an den bestehenden, von den Techniken der Reproduktion konkurrenzierten Möglichkeiten der Malerei haben ihn dazu gedrängt.

Ähnlich wie für Beuys hat auch für ihn der die Moderne bestimmende Avantgardegedanke als Glaube an ein autonomes Werk – gleichsam eine «creatio ex nihilo» – ausgedient. Dennoch hat Rainer die Zweidimensionalität des Bildes nicht aufgegeben zugunsten eines ins Politisch-Soziale eingreifenden, vorwiegend konzeptuell ausgerichteten «erweiterten Kunstbegriffs». Die reflektorische Dimension ist bei ihm in die innerbildnerische Spannung impliziert. Er trägt seine Zweifel und Selbstzweifel innerhalb der Malerei aus, indem er sie malend überholt; er sucht die Form, indem er sie sprengt. In der Mitte der fünfziger Jahre fand er das ihm entsprechende, bis heute weitergetragene Gestaltungsprinzip der Übermalung, in der Spontaneität und Kontrolle zusammen wirksam werden. Dabei greift er bestehendes Material in Form von eigenen und fremden Kunstwerken sowie Fotografien (oft wiederum von Kunstwerken) auf und verfremdet sie in einer agressiv-usurpatorischen

Arnulf Rainer, Lippenpressen, 1971/73, Photographie übermalt, 50×60 cm, Neue Galerie der Stadt Linz

malerischen Aktion. Die Strategie der Übermalung vollzieht sich als dialektisches Geschehen: auf die Vorlage antwortet antithetisch die Übermalung und verbindet sich zu einem neuen Werk, bei dem die beiden eingebrachten Ebenen in spannungsvollem Verhältnis zueinander verbleiben. In den Übermalungen bemächtigt sich Rainer des Vorgegebenen, indem er es unter einer monochromen Farbdecke verbirgt. In der aktionalen Überzeichnung hingegen setzt er ins schon Bestehende gestische Akzente und Schwerpunkte. Er malt, zeichnet, spritzt, benützt Hände und Füsse, bringt den ganzen Körper ein, um sich die Vorlage gleichsam «einzuverleiben».

Auffallend häufig greift Rainer auf Abbildungen von Gesichtern zurück. Das Antlitz erscheint ihm als Grundfigur, so dass er behaupten kann: «Ich selbst erlebe die Welt physiognomisch.»[12] In den «Face Farces» diente ihm das eigene Gesicht, zur Grimasse verzerrt und zur Larve erstarrt, als gestalterischer Ausgangspunkt. Später waren es Totengesichter, Totenmasken und Christusgesichter. Wenn Rainers überarbeitete Totengesichter betroffen machen, so nicht deshalb, weil er mit ihnen ein Tabu anrührt. Da sind ihm die Medien, die dem Tod als prickelndem Unterhaltungsfaktor den Stachel genommen haben, längst zuvorgekommen. Eher trifft das Gegenteil zu: mit seiner fokussierenden Übermalung des entseelten Gesichts verhilft er dem Tod als unausweichliche Konfrontation wieder zu seinem gewaltigen Recht. Er tabuisiert ihn. In den Bildern nach Totenmasken, unter anderen von Beethoven, Haydn, Marat und Liszt, spielt er attackierend auf die gesellschaftlichen Auswüchse des 19. Jahrhunderts an. Die Totenmaske, in deren Larvengestalt man den Geniekult auf die Spitze trieb, steht wie eine Metapher für eine Verehrung, die in Klischeevorstellungen und Anekdoten erstarrt ist. Rainers aggressive Behandlung der mumifizierten Gesichter führt ihnen neue Energien zu und transformiert die Dokumente in lebendige Ausdrucksträger. Er nimmt dem Gesichtsausdruck seine abbildhafte Eindeutigkeit und hebt ihn ins rätselhaft Ambivalente.

Der gewagteste, als Blasphemie gedeutete Schritt, tat Rainer mit den Übermalungen des Christusgesichtes, für die er vorwiegend skulpturale Vorlagen aus dem Mittelalter in fotografischer Form benützte. In diesem Gesicht inkarniert sich nicht nur der jahrtausendealte christliche Glaube, sondern es symbolisiert auch den Beginn der europäisch-westlichen Kultur. Er attackierte in ihm ein Gesicht, das seit jeher in seiner Ambivalenz von Menschlichkeit und Göttlichkeit, von historischem Zeugnis und wundertätiger Reliquie die Geister spaltete. Wie erwähnt war auch Rouault in den Disput um die «Sainte face» involviert und bekannte sich mit seinen Bildern zur Tradition der katholischen Kirche.

Rainer, dem «Nichts- und Allesgläubigen», geht es nicht darum, mit der Bezugnahme auf das Christusgesicht eine konfessionelle Position zu beziehen, sondern darum, dieses Gesicht – ähnlich wie die Totenmasken – aus seiner klischierten Scheinrealität in einem Transformationsprozess zu neuer Energie- und Ausdruckspotenz zu führen. Rainer, der dem Wiener Aktionismus nahestand, bindet das Kunstwerk in den magischen physisch-psychischen Bereich des Kultischen ein, dem es entstammt. In der Übermalung hebt Rainer die plastisch-skulpturalen Werte, die in der abbildenden Wiedergabe der Fotografie noch bestehen, ins Zweidimensionale, erscheinungshaft Transitorische. Im Kreuz erkennt Rainer «das Kürzel für das menschliche Gesicht»[13] und konzentriert dementsprechend seine Darstellung oft auf das Antlitz des Schmerzensmannes. Die abstrahierende Analogiebildung von Kreuz und Gesicht erinnert an Jawlensky, der seine physiognomischen Angaben ebenfalls den Koordinaten des Kreuzes einbeschrieben hatte. Das Gesicht, das «Ant-litz» als das «Ent-gegenblickende», ist auch Ort der Selbstbegegnung. Im Gesicht des sterbenden Jesus erschaut Rainer sich selbst, gleichsam als zweites Gesicht in der Agonie des Todes. Indem er es übermalt, führt er ihm durch den Gestus des Verschwindens eine neue Erscheinungsform zu und verbindet Todesangst mit Auferstehungshoffnung.

Das erscheinungshafte, nicht abbildende Gesicht ist in seiner schillernden Ambivalenz begrifflich nicht einzuholen, es lässt sich weder zeitlich noch räumlich orten. In seiner metamorphotischen Anlage wechselt es die Seinszustände: geschlechtlich unbestimmt vereint es männliche und weibliche Züge oder es steht am Übergang vom Menschen zum Tier. Einmal wird es schutzlos nackt den Blicken ausgeliefert, dann wieder erstarrt es zur Maske. Angsterfüllt und angsteinflössend zugleich birgt es dämonische Kräfte oder es verharrt in hieratischem Ernst, erfüllt von der Gewissheit des Göttlichen.

In ihrem Verlangen nach Neu-Orientierung ausserhalb der geschichtsgebundenen Tradition haben die Künstler im Gesicht eine Metapher erkannt, die sich Dimensionen des Mythischen öffnet. Als solches steht es sinnbildhaft für einen Bereich der Identität, in dem Gegensätze nicht auseinanderklaffen, sondern einander bedingen.

[1] Odilon Redon, Selbstgespräch, Mäander Verlag, München 1971, S. 25.
[2] Paul Klee, zitiert nach: Christian Geelhaar, Klee-Zeichnungen. Reise ins Land der besseren Erkenntnis, Dumont Verlag, Köln 1975, S. 24.
[3] So die Titel von zwei Bildern Klees: «Gezeichneter», 1935, «Der Beladene», 1929.
[4] Henri Michaux, zitiert nach: Wieland Schmied, Henri Michaux, Erker Verlag, St. Gallen 1973, S. 6.
[5] Botho Strauss, Beginnlosigkeit, Hanser Verlag, München, Wien 1992, S. 71.
[6] Brief Chaissacs an André Bloch, zitiert nach Pierre Guegén, in: Art d'aujourd'hui, no. 52.
[7] Die hl. Veronika soll dem kreuztragenden Christus ihren Schleier gereicht haben. Dieser drückte sein Gesicht in das Tuch und prägte ihm seine Züge ein. Die sogenannte «Veronica» – oder als Anagramm «Vera icona» – beglaubigt zum einen Christus als historische Figur, zum anderen verbürgt sie seine Göttlichkeit, ist sie doch ohne Zutun von Menschenhand auf wunderbare Weise entstanden. Die Spuren der im St. Peter, Rom, aufbewahrten Relique haben sich nach dem Sacco di Roma im Jahre 1527 verloren. Schon bald aber galt sie als «wiedergefunden», so dass sie bis heute die künstlerische und religiöse Phantasie beschäftigen kann. (Ausführliche Angaben sowohl zur «Veronica» als auch zum Mandyglion, dem Tuchbild des Königs Abgar, s. Hans Belting, Bild und Kult. Eine Geschichte des Bildes vor dem Zeitalter der Kunst, C.H. Beck Verlag, München 1990.
[8] Rudolf Otto, Das Heilige, C.H. Beck Verlag, München 1979, S. 88.
[9] Alexej von Jawlensky, zitiert nach Günter Geisseler, Alexej Jawlensky, Katalog zur Ausstellung in der Galerie Wolfgang Wittrock Kunsthandel GmbH, 1986, S. 7.
[10] Jawlensky an seinen Freund Verkade, 1958, zitiert nach Alexej Jawlensky, Museum Wiesbaden, 1991, s. 190.
[11] ebda., S. 206.
[12] Arnulf Rainer, in einem Interview mit Johannes Gachnang, im Katalog Arnulf Rainer. «Christus», Galerie Thaddäus J. Ropac, Salzburg, 1985, S. 4.
[13] ebda.

Martin Schongauer, Grosse Kreuztragung, Kupferstich, 43 × 28,7 cm (Ausschnitt).

Tina Grütter
BEGEGNUNG MIT GESICHTEN

Nicht nur die Gesichte in Ausstellungen und auf Einladungskarten der Kunst der Gegenwart haben mich zum Thema angeregt. Schon bei meiner ersten Begegnung mit der Sammlung der Kunstabteilung des Museums zu Allerheiligen ist mir ein Gesicht aufgefallen, das seither in meinem Arbeitsraum steht, und das mich stets von neuem beschäftigt und beunruhigt – vielleicht ist es der Urheber dieser Ausstellung: das versengte Bildnis des Martin Luther, gemalt von Lucas Cranach d.Ä.[1] Es ist ein Relikt der Bombardierung durch amerikanische Jagdbomber am 1. April 1944, welcher – neben 40 Menschen – auch bedeutende Kunstschätze des Museums zum Opfer fielen, da ein Museumsflügel in Brand geriet. Zu den unwiederbringbaren Verlusten von internationaler Bedeutung gehören ausser den sieben Bildnissen von Tobias Stimmer auch das erwähnte Luther-Porträt von Cranach. Aus dem versengten Gesicht sind alle individuellen Züge gewichen. Der malerische Klang des rötlichen Inkarnats, des transparentblauen Hintergrundes und des dunklen Rockes ist aber erhalten geblieben; er lässt trotz der Unkenntlichkeit des Motivs ein Bild von geheimnisvoller Ausstrahlung entstehen. (Das Gemälde ist nicht mehr restaurierbar.) Das verschwundene Gesicht ist eines jener Gesichter, das mir in den Werken der für die Ausstellung ausgewählten Künstler immer wieder begegnet. In seinem nur noch erahnten Antlitz sind viele Gesichter möglich, es ist ein offenes Gesicht, das die eigenen Vorstellungen aufnimmt; es ist ein verloschenes Gesicht, entrückt, von Erinnerung geprägt. Es ist ein Projektionsfeld, wie es Leonardo in seinem «Buch der Malerei» vom Fleck auf der Mauer beschreibt, welcher zu mancherlei «Erfindungen», u.a. auch menschlichen Köpfen anrege. Es wird immer wieder ein neues Gesicht, das ich zum Spiegel meiner Gesichte machen kann.

Eine weitere Gesichte-Darstellung hat sich mir in Schongauers Grosser Kreuztragung eingeprägt, die sich ebenfalls in der Graphischen Sammlung des Museums zu Allerheiligen befindet[2]: das dem Betrachter unvermittelt zugewandte Antlitz Christi, das zum Topos eines Gesichtes wird, und in

Lucas Cranach d.Ae., Porträt Martin Luther, Öl auf Holz, 39 × 26 cm (zerstört).

Fotokopien einer Sequenz aus dem Film «Das verborgene Gesicht» von Ömer Kavur.

einer andern Kreuztragung von Schongauer im Schweisstuch der Hl. Veronika als Relikt und frühe Reproduktion Bild geworden ist[3], ein Bildtypus, welcher die Künstler aller Zeiten beeinflusst hat, ein Gesicht, das alle Gesichter enthält: das anklagende, das versöhnende, das enttäuschte, das hoffnungsvolle, das fragende, das wissende. Die Menschen, welche die Kreuztragung begleiten, bleiben in ihren vergänglichen Gesichtern gefangen. Im Hintergrund erhebt sich eine Felslandschaft. Die Felsformationen wirken wie in Mäntel gehüllte Figuren, die dem tragischen Ereignis beiwohnen. Aus den Strukturen ihre Felshäupter lassen sich Gesichter ablesen, karikaturhafte Profile, die dem einen dieses, dem anderen jenes Gesicht zeigen: keines ist festgelegt, sie bilden sich durch die eigene Phantasie. Diese Formierung von Gesichtern in Felsformationen entspricht einem alten Bedürfnis des Menschen, das Fremde, Unbelebte, als was die Berge dem Menschen lange erschienen sind, zu vermenschlichen und dadurch das Unvertraute anzuverwandeln.

Ein Gesicht, das mir nicht aus dem Sinn geht, weil es sich nicht preisgibt, ist jenes aus E.A. Poes Erzählung «Der Mann der Menge». Das Gesicht jenes Unbekannten, dem der Erzähler durch das nächtliche London nacheilt, weil es in ihm die Vorstellung eines mit abenteuerlichen Geschichten gefüllten Herzens wachruft. Poe beschreibt die zunehmende Unruhe des Unbekannten im Laufe der Nacht, wenn sich die Menge, in der er sich stets bewegt, zu verflüchtigen beginnt bis zu jenem Augenblick der Verzweiflung, da ihm das Alleinsein droht. Nachdem er schon wieder in der hastenden Menge des anbrechenden Tages untergetaucht war, gelingt es dem Erzähler, in sein Gesicht zu blicken. Dieses nimmt seinen «Bildner» nicht einmal wahr. Poe beschreibt es mit folgenden Worten: «Dieser alte Mann, sagte ich mir, wird gefoltert von dem Bewusstsein einer schweren Schuld. Er weigert sich, allein zu sein. Er ist der Mann der Menge. Es wäre vergeblich, ihn weiter zu verfolgen, denn ich würde weder über ihn noch von seinen Taten mehr erfahren. Das Herz der Welt ist ein umfangreicheres Buch als der ‹Hortulus Animae›, und vielleicht gehört es zu der grossen Gnade Gottes, dass ‹es sich nicht lesen lässt›.»[4]

«Das verborgene Gesicht» heisst der 1991 entstandene Film des türkischen Filmemachers Ömer Kavur. Der erste Satz, der darin gesprochen wird, könnte als Motto über unserer Ausstellung stehen: «Wenn sich das verborgene Gesicht enthüllt, wird man Tausende und Abertausende von Geheimnissen kennen.» Das verborgene Gesicht muss verhüllt bleiben, weil es den Weg zu sich und zu den eigenen Visionen weist. «Ich bin nicht das Traumbild», sagt die Frau zu dem jungen Mann, deren Gesicht er suchte und endlich gefunden zu haben glaubt. Man sucht nicht das Traumgesicht – so die Botschaft des Filmes –, sondern das Suchen, den Weg.

Bildhaft erscheint das Gesicht der gesuchten Frau dem jungen Mann in einem Videofilm, dessen Kassette er sich ersteht und immer wieder gebannt auf die Erscheinung im Monitor schaut. Die Videoaufzeichnung zeigt das Gesicht in verschiedenen «Schattierungen», je nach der technisch bedingten Überlichtung und dem flimmernden Raster. Je stärker die Verfremdungen sind, desto mehr wird das Filmgesicht zum Gesichte – und es beginnt in erstaunlicher Weise dem versengten Gesicht von Martin Luther zu gleichen. In der Inszenierung auf dem Bildschirm, in unmittelbarer Konfrontation mit dem Betrachter, symmetrisch und frontal, wird es zum Bildtypus der «Sainte face».

Bleibt das Gesicht als Vision, als Erscheinung, als Erschautes – trotz einer im Laufe der Jahrhunderte und besonders im 20. Jahrhundert durch die Medien veränderten Sehweise – dasselbe? Enthält es immer die gleichen (Vor)Spiegelungen? Und sind diese für den Menschen immer gleich notwendig, weil sie über die Suche zu sich zu einem verloren gegangenen, jedoch ahnungshaft vorgestellten Ganzen führen, wie es einer dem Filme zugrunde liegenden Sätze aussagt: «Abu 'l-Husain an-Nuri sagte: Ich sah ein Licht, das im Verborgenen schien, und ich behielt es so lange im Auge, bis ich ganz zu jenem Lichte wurde.»[5]

Tina Grütter

DAS BILD DES GESICHTES – ZUR AUSSTELLUNG

In ihrer lyrischen Erzählung hat Silvia Hess poetische Metaphern für das Gesicht gefunden, die seine Eigenheit als Erscheinung, als Vision aufzeigen: Metaphern, die in manchem den in der Ausstellung gezeigten Gesichte-Bildern entsprechen: Die Konfrontation mit dem Gesicht als einem «erschauten namenlosen Gegenüber» (Angelika Affentranger); Nähe und Ferne, die in ihm eins werden; das offene Gesicht einerseits, seine Vielgesichtigkeit andererseits – es ist «das Gesicht aller Menschen» (Silvia Hess); «das Gesicht wird ein Gefäss aller Gesichter» (Gerhard Mack), das Auftauchen des Gesichtes aus einem Raum, in dem es in seiner Vielgesichtigkeit aufgehoben ist, ein Raum, der in Spannung steht zum begrenzten Eigenraum.

In den fur die Ausstellung ausgewählten Beispielen von zwölf Schweizer Künstlern, die eine Verbindlichkeit zur Darstellung von Gesichten anstreben können, erscheint dieses «en face»; es ist meist frontal und symmetrisch oder in einer dem Betrachter stark zugewandten Dreiviertelsicht gestaltet. Zu seiner Definition als Erscheinung, Vision, Erschautes gehört, obwohl als Teil des Körpers erkennbar, seine Ent-Bindung von der Körpergebundenheit.

Die Konfrontation mit dem Gesicht, die Begegnung «en face», geschieht einerseits aus einer unmittelbaren Nähe heraus, andererseits gehört zur *Ent-Bindung* vom Körper auch seine *Ent-Rückung*. Dieses Zusammenbinden von Nähe und Ferne, von Präzisem und Allgemeinem im gleichen Motiv führt zu einer Spannung, welche die bildnerische Gestaltungskraft herausfordert.

Das Gesicht im Sinne unserer Thematik ist ein Nicht-Porträt. Unter dem Porträt versteht man die möglichst ähnliche Darstellung eines bestimmten Menschen und seiner Individualität. Die Gesichte können ein Antlitz haben, dieses wird jedoch verfremdet, verzerrt, in einer künstlerischen Übersteigerung dargestellt, die auch mit den Hauptmerkmalen des Antlitzes, Augen, Nase, Mund frei umgeht. In den Verfremdungen verdeutlicht sich Handschrift und Bild-Auffassung des Künstlers. Durch sie lassen sich Stilmerkmale erkennen, welche Gemeinsamkeiten und Unterschiede der ausgewählten Künstler aufzeigen. Eine Verwandtschaft findet sich bei Moser, Melcher, Disler und Schifferle, bei Ikemura und Kratky, bei Radelfinger und Wick, bei Raetz und Roesch. Doch sind sie, wie auch ihre Vorläufer zu Beginn dieses Jahrhunderts, eher Einzelgänger in der Kunstszene.

Zur wichtigsten Definition des Gesichtes gehört, dass es nicht für sich steht (im Gegensatz zum Porträt), sondern bezogen ist. Das Gesicht hat eine Perspektive, welche in unermessliche räumliche, zeitliche und psychische Dimensionen führt. Erst in diesem Bezogensein werden die Gesichter zu Gesichten.

Das Gesicht löst sich vom Körper, um sich wieder neu – grossräumiger und abstrakter – zu verbinden. In dieser Entbindung gibt es das scheinbar Höchste des Menschen, seine Individualität auf, um über diese hinaus zum Unbekannten, Fernen, zum Ursprünglichen, zum Numinosen zu gelangen.

Die Entindividualisierung des Gesichtes,
seine Perspektive

Bei Wilfrid Moser gehört das Gesicht zum «Mensch der Menge», der in einem unterirdischen Labyrinth, in den Gängen der Metro, umhergetrieben wird. In dieser anonymen Masse taucht es als «Cysta cogitans» (Botho Strauss),[6] für einen Augenblick auf, scheint etwas zu erkennen, um dann wieder in den Strudel von Raum und Zeit eingeschleust zu werden, in ihm zu verschwinden. Es ist im Drama Mensch und dessen Geschichte aufgehoben, ein Wurm vielleicht im ganzen Getriebe, das er in einem Moment der Erleuchtung zu durchschauen meint.

Mit dem unvermittelt auf den Betrachter gerichteten Augenpaar, Rest einer individuellen Fixierung, macht sich das Gesicht bei Gaspare Otto Melcher bemerkbar. Es durchbricht als Schauendes das Rasternetz, in dem es sich bewegt und zu dessen Komplizierung und Analyse es stets beiträgt, ein Netz, das ihm Halt und Fessel ist in einem.

Die vom Körper gelösten Gesichte in Dislers Bildern stellen sich dem Strudel des Menschenstroms entgegen. Im Nachdenken über dieses Getriebenwerden sind sie in einer nicht mehr körpergebundenen Sphäre aufgehoben.

Das Gesicht, das Rolf Iseli in der Steinplatte, in einem Holzbrett, in der Asche sieht, ist anonym. Seine Anonymität wird gesteigert durch ein Sich-Verstecken hinter Relikten von Gewächsen, welche die Erde hervorbringt, als ob sich der Prozess der Individualisierung nicht lohnen würde, da er als Teil einer grossen Entwicklungsgeschichte ohnehin zurückfallen wird als Teil der Erde zur Erde.

Auch bei Tomas Kratky bleibt das Gesicht als Träger des Individuellen bedeutungslos. Das zugemalte, verwischte Gesicht bleibt ungeschiedener Teil des Malaktes; seine Äusserungen sind diejenigen der Malerei, die für den jung verstorbenen Künstler die unsterbliche Hülle ist.

Dass das Individuum auch in anderen als in menschlichen Wesen aufgehoben ist, zeigen die Keramik-Gesichter von Leiko Ikemura. Auch die Pflanze, das Tier, die Häuser haben ein Gesicht und damit eine Beseelung, Ausdruck einer nicht-antropozentrischen Weltschau der Künstlerin, die im ostasiatischen Denken angelegt ist, wo die Seele der ganzen Natur innewohnt.

Das Gesicht, sichtbar werdend in Auge und Mund, aber auch in der Gebärdensprache der Hände, ist in Klaudia Schifferles Zeichnungen eingebunden in einen steten Wandel. Zukünftiges und Vergangenes sind vor allem in den neuen Skulpturen gleich präsent, sie sind im Werde- und Vergehungsprozess aufgehoben.

Ding unter Dingen sind die zu Stilleben geronnenen Gesichte von Cécile Wick geworden. Mit der scheinbar unbelebten Dingwelt sind sie durch einen Zeitenfluss verbunden, dessen langsame Bewegung durch das Auge nicht mehr wahrgenommen wird. Ihre Ent-Individualisierung ist ein Stillstehen in der Zeit, die eine andere ist als die vom Menschen messbare.

Im spielerischen Zusammenwirken von zufällig Gefundenem und bewusst Erprobten – der Methode des Erfinders – erscheint das Gesicht bei Markus Raetz als ein Produkt des eigenen Unbewussten, das im Unbewussten des Betrachters aufgehoben ist. Indem er diesen den Bildwerdungsprozess erkennen lässt, wirft er ihm den Ball des Schöpfers und Erfinders zu: der Künstler ist im Betrachter aufgehoben.

Die Gesichter von Peter Roesch bewegen sich zwischen Fleck und Raster, Chiffren des Anonymen. Der Künstler treibt diese Verbindung jedoch nicht zur Auflösung, sondern bildet das anonyme Rund zum Kopf, wo der Raster Welt zum Globus wird: eine Verkörperlichung und damit Herausforderung zur Rekonstruktion einer Welt im Kopf.

Peter Radelfinger löst durch Überschichtungen und Überlagerungen seine und die individuellen Gesichtszüge seiner Vor- und Nachfahren auf, bis sie zu einem offenen Gesicht werden, einer biografisch nicht festgelegten Fläche, die stets neu zu beschreiben ist.

Während sich bei Roesch das Gesicht aus dem Raster herausarbeitet, löst es sich in einigen Computerzeichnungen von Radelfinger in ihm auf. Bild des Individuums und Raster-Bild gehen in diesem Auflösungsprozess nahtlos ineinander über. Provokation oder Sehnsucht des totalen Aufgehobenseins?

Scapas Gesichte sind Notizen jenes Momentes, da der Künstler hinter die Maske schaut, um diese gleichzeitig – wie zum Schutze des durchschauten Individuums – in ihrer tarnenden Funktion zu verstärken.

Die Bild-Werdung

Ein Grundtypus des Gesichtes ist die «Sainte face» auf dem Schweisstuch der Hl. Veronika[3]. Dass dieses (Ab)Bild des Christuskopfes bis in die Kunst der Gegenwart zitiert wird, ist für die Kunst der Gegenwart wohl weniger in Bezug auf das festgelegte Motiv als auf seinen Entstehungsprozess von Bedeutung geblieben: dass da – auf der leeren Fläche – ein Bild wird, ein Bild, das aus dem jeweiligen Medium herauszuwachsen scheint, nicht nur als ein Konstrukt des Künstlers, sondern als ein dem Medium eigener Prozess, ein ihm innewohnender organischer Akt, der sich gleichsam selber macht, der Schöpfungsprozess, durch welchen das Bild plötzlich *da ist*. Dazu braucht es zum Vertrautsein des Künstlers mit seinem Medium ein sich ihm Hingeben-Können. Das Ge-Sichtete ist nicht nur eine Vorstellung und Vision des Künstlers, es ist auch eine Erscheinung der Kunst selber, ihr Gesicht. In der Erzählung von Silvia Hess erwartet die Frau am Wasser das Bewegtwerden der starren Wasseroberfläche, aus der heraus Undine steigt.

Mosers Gesichte formen sich aus dem Dreiklang der Spachtelstriche heraus. In einer Verbindung von geistiger Substanz und organischem Leben, das der Malerei innewohnt, *wachsen* sie aus zu einem Gesicht, wie ein Baum wächst.

In einem Augenblick des Innehaltens *gerinnt* Dislers Malfluss zu Gesichten.

Aus den Fetzen vieler reproduzierten Bilder formt sich in Melchers Collagen ein neues Bild, ein kompliziertes Kommunikationsnetz, aus dem heraus ein Augenpaar den erlösenden Appel macht: *ich schaue*.

Das Gesicht *ist* in der Steinplatte, Iseli sieht es dort, er braucht nichts zu seiner Entstehung beizutragen als es zu sehen, herauszunehmen und in einen neuen künstlichen Zusammenhang zu stellen.

In Kratkys letzten Gesichten ist das transzendente Licht die *Farbe selbst*; in ihr klingt jene Sphäre auf, in deren Nähe der den Tod ahnende Künstler gerückt ist.

Die Eigenart der Oberfläche von Ikemuras Keramik-Skulpturen sind Öffnungen, welche – den Sinnen gleich – *atmen*, sehen, hören, als wäre ihnen Leben eingehaucht.

Klaudia Schifferles vieläugige und vielmündige Gesichter *sind* der Verwandlungsprozess selber, sie sind die sich stets neu formende Metamorphose.

Es ist der Lichtstrahl der Lochkamera, der das ihm hingehaltene Gesicht von Cécile Wick aus seiner körperlichen Gebundenheit erlöst, es *transzendiert*.

Der Kopf in Peter Roeschs Gemälden und Zeichnungen ist *Fleck*, in welchem die Weitung zum Knäuel, sein Auswachsen zur Welt angelegt ist.

Das verborgene Gesicht, auf dessen Suche Peter Radelfinger ist, *schimmert* jenem, der es wahrnimmt, durch alle Überschichtungen und Übermalungen hindurch auf.

Im reflektierten Gesichte-Bild von Markus Raetz *bildet sich* der geistige Prozess der Reflexion und der technische des Reflektierens in einem bestimmten Moment in einer ganz bestimmten Konstellation *ab*, ist plötzlich als Bild *da*.

Der Ausdruck der Zerbrechlichkeit von Scapas verlarvten Gesichtern ist in der vibrierenden Linie selbst angelegt.

Der Betrachter wird zum Mit-Bildner: er *erschaut* in den Gesichten jene, die in ihm angelegt sind.

---

[1] Porträt Martin Luther, Öl auf Holz, 39×26 cm. «Die ausgezeichnete Ausführung und die nachweisbare Herkunft des Porträts sprechen dafür, dass es sich hier nicht um eine der vielen Werkstatt-Wiederholungen handeln kann. Das Bildnis stammte aus dem Besitze des Herzogs von Weimar, der es Herder schenkte. Durch dessen Witwe kam es mit dem Bildnis des Philosophen Hamann an Johann Georg Müller und mit dessen Bibliothek in den Besitz der Stadt Schaffhausen» (aus: Max Bendel, Zerstörter Schaffhauser Kunstbesitz aus dem Museum zu Allerheiligen, Atlantis Verlag Zürich, 1944, S. 18).

[2] Martin Schongauer (ca. 1450–1491), Grosse Kreuztragung, Kupferstich, 43×28,7 cm, Inv. Nr. C 4476, Geschenk der Stadt Basel.

[3] Vgl. Anmerkung 7 zum Artikel von Angelika Affentranger-Kirchrath.

[4] E. A. Poe, Der Mann der Menge, in : E. A. Poe, Geheimnisvolle Begebenheiten, Büchergilde Gutenberg, Zürich 1956, S. 150.

[5] zit. nach dem Textblatt zum Film «Gizli yüz» (Das verborgene Gesicht) von Ömer Kavur, Dokumentation Nr. 18 in der Reihe von trigon-film, Stiftung trigon-film Basel, 1991.

[6] Botho Strauss, vgl. S. 50.

DIE KÜNSTLER

ROLF ISELI

Der Mensch hat im Werk Rolf Iselis sein Gesicht verloren. Augen, Nase, Mund, die Schattierungen einer individuellen Physiognomie kommen nicht vor. Es ist, als dürfte da eine Gattung ihr Antlitz nicht aus dem Staub erheben, als hätte sie ihr Recht verwirkt, sich ein Bildnis zu machen. Statt dessen begegnen uns auf den Erdbildern, die der am Informel geschulte und nach seiner inhaltlichen Überwindung strebende Maler seit 1971 schafft, Erde, Pilze, Kaktusse, Federn, Stroh, Binsen, Bienenwaben, rostiges Blech, Holz oder darübergemalte, alles wieder verdeckende Farbe. «Staub bist du und zum Staub kehrst du zurück», formuliert das Alte Testament das archaische Verdikt über den Unsterblichkeitswillen der Menschen. Die so kostbare Individualität wird auf diesen Blättern zerstört, muss Erde werden, damit sie eingeht in die Landschaft, aus der der Schöpfergeist des Mythos ihren Leib geformt hat, und wieder zum Material wird, das neu beseelt werden kann. Man denkt an Heiner Müllers «Bildbeschreibung» mit ihrem Versuch, Geschichte und Landschaft zusammenzubringen. Und wie dort die Toten sich zu Bergen türmen oder zum Sand der Steppe werden, aus dem einmal wieder Leben keimen kann, so schwingt auch in Rolf Iselis Bildern eine Hoffnung mit, dass aus der Auslöschung eine Auferstehung folgen werde.

Den «Sündenfall» (nicht unbedingt im christlichen Sinn), der den Gesichtsverlust auslöste, nennt er 1984 selbst: «Ich habe mich immer wieder gefragt, warum es mir nie möglich war, ein Gesicht zu malen mit Augen, Nase, Mund, usw. Warum immer diese Tilgung (...)? Was nach 1945 mit einem Schlag nicht mehr darstellbar im traditionellen Sinn wurde, muss mit der Bombe als furchtbare Dimension neu mit einbezogen werden».[1] «Tilgung» impliziert Schuld; wenn der Mensch sich an der Erde vergangen hat, muss er ganz in sie zurückkehren, soll er neu werden. Nur darin sieht diese Sühne-Kosmogonie einen Ansatz zur Erschaffung eines mit der Erde versöhnten Menschen. Dabei meint die mythisch-biblische Bildkraft keine rückwärtsgewandte Sentimentalität, sondern die archaisch-globale Dimension des Anliegens. Rolf Iseli setzt es um in die Struktur seiner Bilder. Die Gesichter, mit denen die Menschen auf ihnen schauen, sind Erde oder Pflanzen und Minerale, die aus ihr entstehen. Seit der Maler eine Steinplatte, die er zehn Jahre zuvor in seinem Weinberg im burgundischen Saint-Romain gefunden hatte, 1981 erstmals wie eine Frottage zu Papier brachte, stand mit diesem «Steigring» eine Art Urform fürs Gesicht zur Verfügung, die der Erde selbst entstammte. Der Künstler konnte sich darauf konzentrieren zu reagieren und setzte damit bereits in der Vorgehensweise ein neues Prinzip menschlichen Handelns um.

In dieses längliche, in der oberen Hälfte rechteckige, unten winklig spitz zulaufende Steingesicht (später kamen andere hinzu) liessen sich die Umrisse des eigenen Schattens einsetzen und Mass nehmen. Seine Form bewahrt Kraftschübe und Zeitrhythmen von geologischer Dimension. Und sie ist selbst Kraftfeld, das nach aussen strahlt. Bisweilen ist sie mit dem Kosmos in Bezug gebracht. Dann wieder liegt sie waagrecht in die Landschaft eingebettet, als strömte die eigene Energie in die umliegende Natur zurück.

Mit diesem Potential wird der Stein Schild und Maske, Mahnmal und Epitaph zugleich, und viele Formen des dialogischen Bezugnehmens werden möglich. Er ist die Materie, der eine Figur/ein Gesicht sich ablöst und dennoch verbunden bleibt. Er erlaubt dem Typus des «Horchers» ein Hineinhören in (s)eine andere Seite und öffnet ihm den weiteren Bildraum. Und er ist den Rostgesichtern des «Ur-Ur-Urvater aller Rostigen» drohender wie bergender Schatten, auf den sie brüchig, transparent werden, in dessen atmosphärischer Dichte ihre Vergänglichkeit Halt findet. Immer sind beide Ebenen zu einer Dynamik der Verwandlung verbunden, so wie das Brett, die Waben oder das Rostblech das aus der Erde erstehende Gesicht zugleich sind und (in seiner inneren Gestalt) verdecken. Nur in dieser doppelten Bewegung kann das neue Sehen, das neue Selbstverständnis der Menschen zur Anschauung kommen, kann (auf einem Blatt von 1987/88) die Landschaft zum Leib der Figur und deren Kopf zum Gesicht der Landschaft werden.

Rolf Iselis Austreibungen und Evokationen sind gewalttätig: Er nagelt ins Papier, aus dem Neues erstehen soll. Die Überarbeitungen der Kaltnadelradierungen von 1992 lassen die (ans Passbild erinnernden) Porträts zwischen Zerstörung und Überwindung vibrieren. Zugleich aber beginnen in den letzten Jahren die Gesichtsflächen zu schweben, der Rost platzt auf, Himmelsblau dringt ein. Die Scham ist noch vorhanden, aber wenn der Betrachter blasen könnte, gäben manche Erdabdeckungen ihr Gesicht frei.

Gerhard Mack

[1] Kat. Rolf Iseli, Cabinet des estampes, Genf 1985.

1 DER ELFENQUELER, 1984

ROLF ISELI

2 URSTEIGRING, 1992

3 UR-UR-URVATER ALLER ROSTIGEN ST. ROMAIN, 1987

ROLF ISELI

«Steine si fasch immer Gringe; i weiss au nid worum»

(Rolf Iseli in einem Gespräch mit Tina Grütter)

«Es ist nicht die Form des Steins – nichts Formales also –,
es geht mir um all das, was sich im Stein versammelt:
der Stein ist lebendig,
er hat viele Gedanken.»

(Kat. Lausanne 1991, S.132)

4 NACHDENKEN, 1992

WILFRID MOSER

Seit den ersten in Paris entstandenen Bildern, kurz vor Ausbruch des Zweiten Weltkriegs, ist die Metro ein zentrales Motiv im Werk von Wilfrid Moser. In seiner expressiven Malerei der sechziger Jahre wird sie zum Grossstadt-Schlund, durchsetzt mit Reklamefetzen, deren Buchstaben wie ein Menetekel aufleuchten; ein unterirdisches Labyrinth, durch welches sich Menschenmassen schleusen oder geschleust werden. Sie tauchen auf aus diesem Schlund als eine bewegte Fleischmasse, in welcher sich die Gesichter zu Fratzen formen, um im nächsten Augenblick vom Geschiebe der nachdrängenden Massen überlagert zu werden. Diese Fratzengesichter sind als flüchtig hingeschriebene Konturen über die rot-weiss strukturierten Körpervolumen gezeichnet, einen zufälligen Halt in der anonymen rhythmisch bewegten Masse bildend. Für den Mythos einer durch das Dunkel des Daseins treibenden, auf eine Erleuchtung wartenden Menschheit hat Moser mit seinen Metro-Bildern eine zeitgemässe Metapher gefunden. Botho Strauss hat fast 30 Jahre später eine Passage über den Menschen in der Metro geschrieben, der wie eine Erklärung zu Mosers 1963 gemalten Bild verstanden werden kann.[1]

In einer anfangs der neunziger Jahre entstandenen Serie von Ölgemälden findet dieses Drama in entgegengesetzten Sphären statt: Mit langgezogenen Spachtelstrichen, Flügelschlägen gleich, wird ein «überirdischer» Raum aufgerissen, eine Raumdramatisierung, zu welcher Moser durch den Holzschnitt «Der Kampf Michaels mit dem Engel» von Albrecht Dürer angeregt worden ist. Aus dieser belebten Materie des Luftraums formieren sich Gestalten, die sich durch ihre ovale, fleischfarbene Kopfmasse als menschenverwandte Wesen zu erkennen geben, Engelsfiguren, die sich herabneigen zum Geschehen am Rande des dunklen Schlundes. Mit diesem sind sie durch ein kompliziertes räumliches und – wie die rhythmisierte Gliederung als einem Bewegungsablauf versinnbildlicht – auch zeitliches System verbunden. Von dort, am Rande des Abgrunds, blickt uns, wiederum ein im Augenblick festgehaltenes Vis-à-vis, ein Gesicht entgegen, nun nicht mehr als dumpfe Fratze, sondern eher als trauriger Clown. Sog und Abgrund, Metaphern für den dramatisierten Raum, sind Hauptthemen im Werk von Edgar Allan Poe, welches für Moser eine wichtige Rolle spielt und auf welches sich auch die Bildtitel «Die Engel bleich und blass» beziehen.[2] Die Gesichter in diesen Gemälden sind durch die unterschiedlichen Raumebenen, aus denen sie auftauchen, geprägt: in clownesker Tragik auf der Ebene des Helden Wurm und als undurchschaubare, oft hämisch lächelnde Gesichte im Mummenschanz der Engel.

An einen Grundtypus des Gesichtes[3] rührt die «Sainte face» von 1991, einem vom Körper gelösten isolierten Gesicht, mit Abgrund und mit Lichtsphäre verbunden, Inbegriff eines Gesichtes als einer Erscheinung. Die Strahlen, die von ihm ausgehen, in einem für Mosers Malerei typischen durch den Spachtel geformten Farbdreiklang, zeigen es als immateriellen Körper, der mit dem abstrakten gelben Farbfleck, einer Erscheinung des Lichtes, welche an das Menetekel der Reklameschriften erinnert, in Beziehung steht. Hier wird das Gesicht zu einer Ausformung der Epiphanie.

Im 1992 entstandenen Bild «In der Metro» taucht der Künstler wieder hinunter in das dunkle Metro-Labyrinth. Die Gesichter sind, wie im Malström von E. A. Poe, an den Rand eines Trichters gespült, aus dem heraus oder in den hinein Treppen münden, gebildet aus einem lichten Farbendreiklang. Die Gesichter, erstarrte Knäuel, zufällige Verdichtungen gegenüber der geordneten Struktur des Sogs, sind gezeichnet vom Schrecken und vom Staunen über das Erlebnis, dem Eingeschleustsein in das Abenteuer dieses Zeit- und Raumsogs, dessen Geheimnis ihnen verhüllt und verschleiert bleibt.

Tina Grütter

---

[1] Botho Strauss, Beginnlosigkeit. Reflexionen über Fleck und Linie, Carl Hanser Verlag, München, Wien 1992, s. 59f. Siehe das Zitat auf S. 50.
[2] Die Engel bleich und blass
Erheben und entschleiern sich
und nennen dieses Drama «Mensch»
und seinen Held, den Würger «Wurm».
aus E. A. Poe, Ligeia, The complete tales and poems of E.-A. Poe, Penguin Books, London 1982.
[3] S. Anm. 7 zum Artikel von Angelika Affentranger S. 31.

5 IN DER METRO, 1990

WILFRID MOSER

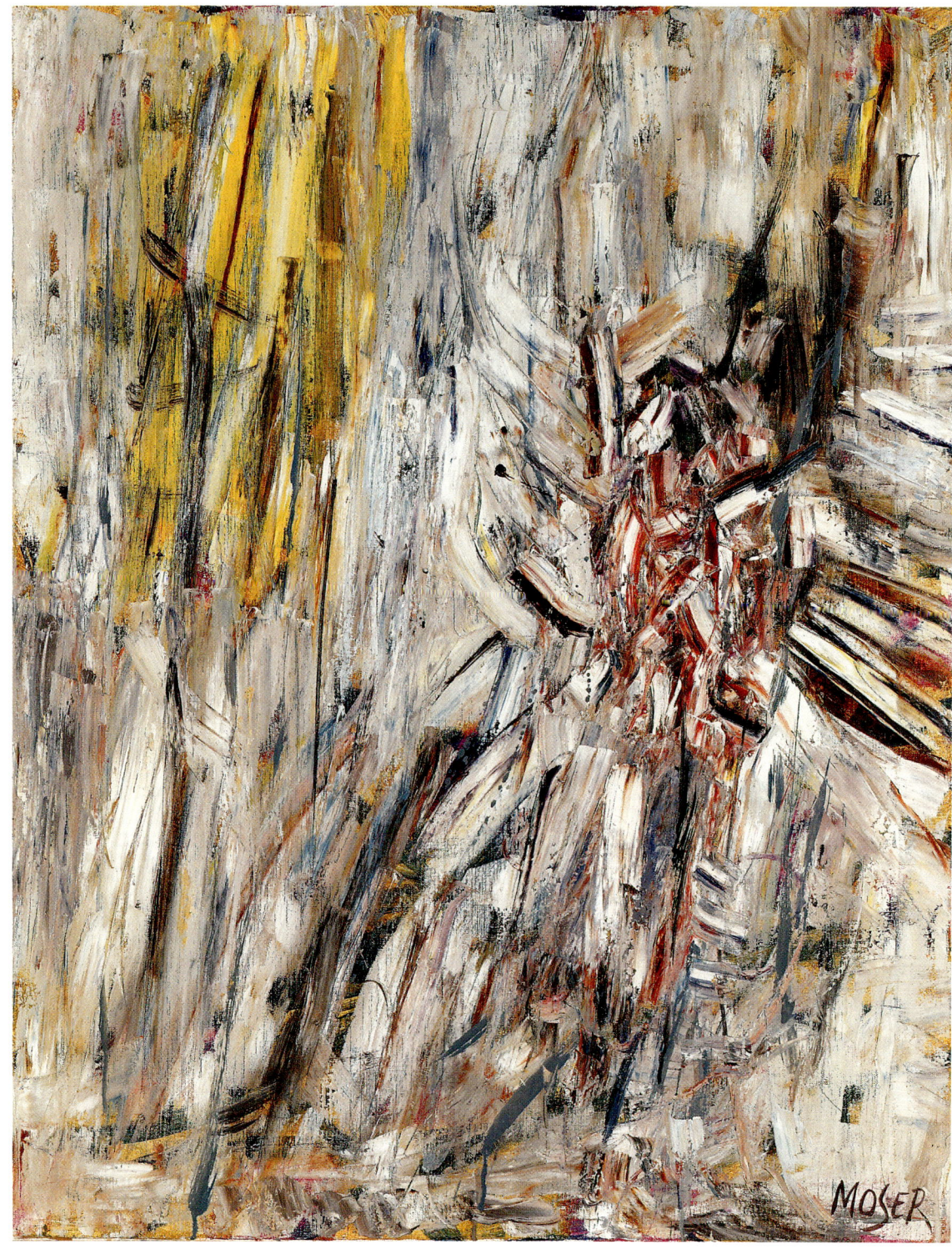

6 DAS GESICHT, 1990

7 DIE ENGEL BLEICH UND BLASS, 1989/90

WILFRID MOSER

«Der zerschliessene Mensch in seinem einzigen, einst königsblauen Overall, verdreckt, mit einem Pflaster auf der dünnen Backe, trat in die U-Bahn, und irgend etwas Eben-noch-Bewusstes, Reste seiner zerfetzten Selbstvergewisserung sagten ihm, dass er falsch eingestiegen war. Sein Kopf zitterte leicht voraus dem Verstehen, zitterte wie eine Nadel an einem Detektor oder uralten Seismographen. Der Kopf, der brüchige Bienenkorb da mitten auf seinen Schultern, dies Ding zur Hinhaltung des Todes, war kaum mehr noch als ein kleines Frühwarnsystem, das das verbrauchte Individuum davon zurückhalten sollte, stets und überall das Falsche zu tun, die schlechteste Richtung zu wählen. Kurz bevor die U-Bahn anfuhr, verliess der Zerschliessene den Wagen wieder. Oh, all die Abgerissenen einer Stadt, die schnell in die Züge treten und kurz vor der Abfahrt wieder hinauslaufen. Die freien Wege erfindet die Box, cysta cogitans, und alle führen in sie zurück...»

Botho Strauss

(aus Beginnlosigkeit 1992, S.59)

8 MÉTRO CRIMÉE, 1963

MARTIN DISLER

Die menschliche Figur und das von ihr losgelöste Gesicht sind von Anfang an eines der Hauptthemen in Dislers Werk. Ein anderes ist die Vergegenwärtigung des künstlerischen Prozesses als einem Fluss, der alle Metaphern dieses bewegten Laufes einschliesst: vom Lebensquell bis zum verschlingenden Strudel.

Zu einem Grundtypus des Gesichtes und seiner Bildwerdung (vgl. S. 37/38) findet sich in der vom Künstler verfassten autobiographischen Erzählung «Bilder vom Maler» ein aufschlussreicher Passus: «Während eine Stimme im Radio in chronologischer Reihenfolge Konzertdaten an die Musikfreunde vermittelt und ich in immer neuen Anläufen auf die Leinwand losgehe, erwäge ich im Kopf die Erfindung des ‹UNIVERSALSCHWEISSTUCHES›. (Siehe dasjenige von Veronika.)»[1]

1985 entsteht der 82teilige Aquarell-Zyklus «Vase des Schmerzens – ausfliessendes Gesicht weisser Rasse»[2]. In ihm werden Malfluss und von innen heraus drängende Gesichter zu einem unausschöpfbaren Fluss von Gesichte-Bildern. Einzig das zu einer Maske geronnene Gesicht aus Holzkohle und Flüssigholz, in welchem sich der Ausdruck des Leidens konzentriert, markiert im Fluss der Gesichte einen Augenblick des Stillstands.

Das vom Körper gelöste Gesicht ist das «andere» Gesicht. Es ist, als ob es aus dem Körper heraustreten müsste, um ihm entgegenzustehen, ihn, den ständig zu ekstatischer Bewegung gedrängten, zum Innehalten, zur Besinnung herausfordernd. Während die mit dem Fluss getriebenen Körper zu einer Verschmelzung mit dem Universum drängen, widersteht das Gesicht einer Einverleibung. In dieser Polarität formuliert sich eine Spannung von Getriebenwerden und Innehalten, von «Raserei und Besonnenheit» als einem Charakteristikum von Dislers Schaffen[3], einem nicht lösbaren Konflikt sowohl des einzelnen Menschen als auch der Menschheit selbst.

In den drei in unserer Ausstellung erstmals gezeigten Gemälden ist diese Polarität auf die Spitze getrieben: Aus einem Strudel heraus werden die vom Körper gelösten Gesichter in «Silent Blues» in einer kreisenden Bewegung nach vorne, in unmittelbare Konfrontation zum Betrachter, getrieben. In ihrem Hintersinken und wieder Heraufgestossenwerden erinnern sie an Szenen von Darstellungen des Jüngsten Gerichtes – nur belohnt und verurteilt Disler nicht: In die Kreisbewegung des Flusses eingeschleust wird jeder einmal zum Fallenden, um mit der gleichen Bewegung wieder emporgetragen zu werden, einem irrealen, geheimnisvollen Lichte zu, das aus der obern Bildzone flutet. Aus der Sphäre dieses kalten Lichtes scheint die weibliche Figur zu kommen, die ausserhalb des Strudels das Geschehen beobachtet. Ihr Gesicht, einer Totenmaske, aber auch einem Idol gleich, ist erstarrt. Sie trägt vor sich, es mit ihren Armen umrandend, ein Gesicht: Es ist das Gesicht des Leidenden aus dem Gesichte-Fluss, hier in deutlicher Anverwandlung der «Sainte face» auf dem Schweisstuch der Heiligen Veronika.

In entgegengesetzter Bewegung drängen sich die Gesichte im Gemälde «Zentrifugal»: Sie sind auf dem Grund des Strudels zum Stillstand gekommen. Um sie herum kreisen andere vom Körper gelöste Gesichter in rasanter Schleuderbewegung. Zwei davon tauchen für einen Augenblick aus dem Geschwindigkeitstaumel auf. Sie sind Teil der bewegten Malsubstanz und einer Rundung, durch welche der Erdball angedeutet ist. Ihnen vorgelagert, in verändertem Grössenverhältnis, zu einem anderen zeitlichen und räumlichen Fluss gehörend, erhebt sich eine weibliche Figur. In ihr kommen Gesicht und Körper zum Einklang. Aus ihr heraus wächst eine Bewegung, die im grossflächig hervorgehobenen Gesicht unmittelbar im Vordergrund zum Stillstand kommt. Gesicht und Gestus der Hand drücken Nachdenklichkeit aus.

Dislers Text zu seinem Beitrag in der Ausstellung «Das 21. Jahrhundert», trägt die Überschrift: «Jetzt Now Maintenant»[4]. Disler verbalisiert damit den Aufruf zum Innehalten, bildhaft ausgedrückt im nachdenkenden Gesicht in «Silent Blues» und im «Universalschweisstuch» der stillstehenden Gesichte im Gemälde «Zentrifugal». Die zusammengedrängten Gesichte könnten auch den Boden eines Gefässes bilden. Solche zu Gefässen geronnene Gesichte hat Disler für die oben erwähnte Ausstellung geschaffen, eine Materialisierung und Verkörperlichung des Innehaltens, des Neuschöpfens: Hier und Jetzt.

Tina Grütter

[1] Martin Disler, Bilder vom Maler, AQ-Verlag, Dudweiler 1980, S. 28.
[2] Diese Arbeit, ausgestellt in «Stiller Nachmittag», Aspekte Junger Schweizer Kunst, Kunsthaus Zürich 1987, ist – nach einer Operation – während 5 Wochen mit der linken Hand im Zustand starker Schmerzen entstanden.
[3] Vgl. Demosthenes Davvetas, Erfahrungen des «diachronischen Geistes», in: Kat. Martin Disler, Bilder und Skulpturen, Kunsthaus Zürich 1987, S. 57ff.
[4] Martin Disler, Jetzt Now Maintenant (sprich: 21. Jahrhundert), in: Kat. Das 21. Jahrhundert. Mit Paracelsus in die Zukunft, Kunsthalle Basel 1993, S. 117.

9 SILENT BLUES, 1989/91

MARTIN DISLER

10 RED PIECE OF WASTE LAND, 1990/92

11 ZENTRIFUGAL, 1989/91

LEIKO IKEMURA

Von 1989 bis 1990 hat Leiko Ikemura eine Serie von grossformatigen Gemälden geschaffen, denen sie den übergreifenden Titel «Alpenindianer»[1] gab. Sie sind im Engadin entstanden, einer Landschaft, zu welcher sich die Künstlerin besonders hingezogen fühlt. Die mit Acryl und Tempera transparent gemalten Farbflächen breiten sich zu offenen Räumen ohne festen Standort aus, Räume, durch welche man an die Tradition der ostasiatischen Landschaftsmalerei erinnert wird. Festlegungen, Anhaltspunkte sind die darin umrisshaft eingezeichneten Gesichter. Gehören sie Dämonen an, personifizierten Kräften einer noch ursprünglichen Berglandschaft, die sich vor dem Snack- und Skilift-Tourismus zurückgezogen haben und nur noch demjenigen erscheinen, der sich auf das Geheimnisvolle, aber auch auf das Unheimliche solcher Landschaften einlässt?

Es ist, als wolle Leiko Ikemura in ihren neuen Keramik-Skulpturen diesen Gesichtern einen Ort zuweisen, um sie aus dem offenen Raum, wo sie immer wieder entgleiten, herauszunehmen und ihnen durch die Isolierung und die Dreidimensionalität eine Präsenz zu verleihen. Die auf einen Sockel in Frontalität aufgestellten Skulpturen fordern zur Konfrontation heraus, sie sind Gesicht und Körper in einem: als Gesicht Wahrnehmungszentrum und Visionsträger, als Körper in einer Stellung, angedeutet durch die beiden Füsse, welche an die unvermittelte Präsenz eines Samurai erinnert. In dieser Vereinigung strahlen sie geistige und körperliche Konzentration aus. Es ist primär die Form, das «en face» im Sinne eines Gegenüber, welche das Gesicht evoziert; die Öffnungen für die Sinne – Augen, Ohren, Nase, Mund – sind darin nicht festgelegt. Sie können sich vervielfältigen zum Achtäugigen, zum Dreiohrigen, Auge kann Mund sein, Eigenschaften, wie sie in der ostasiatischen Kultur den Dämonen und Geistern, in der abendländischen den Märchengestalten und Göttern eigen sind und wie sie in den achtziger Jahren von Vertretern der italienischen Transavantguardia wieder bildhaft gemacht wurden. Als Öffnungen nach aussen und nach innen sprengen sie die Grenzen, die das Volumen des Körper-Dings festlegen und verbinden so zwei grenzenlose Räume miteinander, die Seele mit dem Kosmos. In den gebauchten Rundformen dieser Skulpturen ist der Atem spürbar, der sich im Unterleib konzentriert. Dadurch werden die Öffnungen auch zu Andeutungen von Geschlechtsteilen, welche das Sinnenhafte ins Erotische steigern.

Leiko Ikemuras gefässartigen Skulpturen sind eine Transformation von Kopf und Körper, sie figurieren aber auch Transformationen zu Tier, Pflanze und Architektur. Die das Gesicht umrahmenden Haare wachsen aus zu den gekräuselten Blättern eines Kohlkopfes, zu Ohrenlappen eines Hasen, in ihnen verbirgt sich der Dämon einer Katze oder – eine Haus-Frau. Das Gesicht wird zum Ding, gibt seine Menschbezogenheit auf und verleibt sich tierische, pflanzliche oder dinghafte Kräfte ein. Durch solche Transformationen drückt die Künstlerin auch ihre nicht antropozentrische Orientierung aus: Jedes Ding auch das Mensch-Ding, ist mit einem ganzen verbunden, zu welchem die Übergänge fliessend sind; jeder Gegenstand hat aber auch sein Gesicht.

Es fällt auf, dass sich Leiko Ikemura in ihren neuesten Skulpturen stärker der japanischen Tradition nähert als in den Bildern und Zeichnungen der achtziger Jahre. Davon zeugen auch Form und Technik der gefässartigen Keramikskulpturen. Allgemein sind in der japanischen Kultur die Grenzen zwischen Kunsthandwerk und Kunst fliessender. Gerade die Gefässkeramik wird in Japan seit alters als Kunst betrachtet. Die traditionelle Keramik hat nach dem Zweiten Weltkrieg durch avantgardistische Töpfergruppen Erneuerungen erfahren, welche die Grenzen zwischen Gebrauchsobjekt und Kunstding erneut öffneten.[2] In Ikemuras dinghaften Gesichten findet man sowohl Anklänge an die Tradition der japanischen Keramik als auch an ihre avantgardistischen Aufbrüche. Form und Oberfläche selber stehen in Spannung zwischen Festgelegtem und Sich-Wandelndem: durch die frontale Aufstellung auf dem Sockel wird die Skulptur als ein Kultobjekt zelebriert; seine Oberfläche jedoch, entstanden im zufälligen Zusammenspiel von Ton und Glasur, schliesst in seinen Rillen, Wölbungen und Löchern das Unvollkommene, Unabgeschlossene ein. In den Skulpturen-Gesichtern vereinen sich Idol und dämonische Erscheinung.

Tina Grütter

[1] Leiko Ikemura, Alpenindianer. Works 1989–1990, Satani Gallery, Tokio 1990.
[2] Nora von Achenbach, Japanische Keramik – Von der Teeschale zum Objekt, in: Sabine Runde, Nora von Achenbach, Vier Elemente, Drei Länder, Moderne Keramik aus der Sammlung Freudenberg, Kat. Museum für Kunsthandwerk Frankfurt am Main, 1992, S. 179ff.

12 HAUS-FRAU, 1991

LEIKO IKEMURA

13 OHNE TITEL, 1991

14 FIGUR-GRÜN, 1991

LEIKO IKEMURA

15 OHNE TITEL, 1991

16 FIGUR-WEISS, 1992

TOMAS KRATKY

Tomas Kratky ist 1988 im Alter von nicht einmal 27 Jahren gestorben. Sein Lebenswerk ist in sieben Jahren entstanden, das Werkverzeichnis seiner Malerei umfasst weniger als 50 Nummern. Die entscheidende Veränderung in seiner Malerei ist um 1985 festzustellen. Sie korrespondiert kaum zufällig mit dem Verschwinden einer Bildform, die im Frühwerk Kratkys auffallend häufig vorkommt, dem Tryptichon, jenem in der zeitgenössischen Malerei kaum mehr benützten Idealtyp des christlichen Altarbildes. Das Verschwinden dieser historisch vorbelasteten Pathosformel deutet an, dass Kratkys emphatisches Malereiverständnis sich nun stärker am Malprozess selbst als an Themenvorgaben und äusseren Bildformen orientiert. Aus dieser in den Jahren 1985 und 1986 eintretenden Veränderung resultiert ein Zurücknehmen der erzählerischen Funktion der Malerei, die Reduktion von Ablesbarkeit des Bildes schlechthin.

Anzeichen einer solchen Veränderung grundlegender Art in Kratkys Malerei ist ein gesteigerter Grad von physischer Gewalt im Malakt. Während Kratkys frühe Bilder geprägt sind durch die Drastik und Überpräsenz des Physisch-Figürlichen und das wiederkehrende Motiv von Gewalt und Zerstörung, manifestiert sich dieser Grundkonflikt ab 1985 stärker in Malweise und Bildorganisation. Vor allem ein Merkmal erhält nun bis zu den letzten Gemälden Kratkys immer mehr Gewicht: das Motiv des zugemalten, verwischten, verschwindenden Gesichtes, das ab Herbst 1986 mit der fortschreitenden Zerstörung des Körpers im Krankheitsprozess Tomas Kratkys korrespondiert. Das Zumalen des Gesichtes äussert sich in den Bildern, die in dieser Ausstellung gezeigt werden, unterschiedlich. Am weitesten ging Kratky in seinem letzten Bild «Bellini», in dem das im Malprozess malträtierte, schliesslich verwischte Gesicht zu einer Leerform wird, die für das Farbgefüge aber konstitutiv ist. Hier wird deutlich, wie Kratkys Methode, Teile der (Bild-) Physiognomie zuzumalen, in auffälliger Weise korrespondiert mit der Befreiung bzw. Verselbständigung der Farbe.

Die rätselhafte Synchronisation von zerstörerischem Krankheitsprozess – Maler – und koloristischem Aufblühen – Malerei – ist die existenzielle Grundkonstellation im «Spätwerk» von Tomas Kratky. Eine der Farbe innewohnende spirituelle Qualität, ihre Neigung zum Imaginären, Ideellen (und sei es ein Ideal des Hässlichen), der Hang zur Verabsolutierung der Malerei mittels Farbe dominiert in den späten Bildern in besonders starkem Masse.

Ein Bild wie «Marrakesch» zeigt in überzeugender Weise, wie Kratky in seinen letzten Bildern dem Ideal von Farbe als Medium der Malerei *per se* nahekommt. Obwohl es sich hier, wie in den meisten späten Bildern, um ein imaginäres Selbstporträt handelt, steht die Farbe gewissermassen für die Verselbständigung des Malaktes und die Verabsolutierung der Malerei schlechthin. 1985 hatte Kratky folgende Überlegung im Tagebuch notiert: «Gute Farben […] müssen vibrieren wie eine Glasplatte, die man zwischen den Händen hält. Im Notfall müssen sie zerbersten.»

Hand in Hand mit der Verselbständigung der Farbe geht in den späten Bildern der Durchbruch vom lesbar Figurativen zum Amorphen, von einer konturierten zu einer in Auflösung begriffenen, tropfenden, im Malakt zerfliessenden Welt. Die Figuren mit den zugemalten oder verwischten Gesichtern strahlen, neben dem Eindruck des Versehrten, etwas Hieratisches aus, sie erinnern an Idole. Das Zumalen, die Entleerung der Gesichter in den späten Bildern ist ein Indiz für einen Prozess fortschreitender *Entäusserung* der Malerei, die Manifestation eines Verlustes, die in den letzten Bildern mit einem malerischen Gewinn identisch ist, als ob für Tomas Kratky im fehlenden Gesicht der Dargestellten eine letztmögliche Form von Beschwörung möglich gewesen wäre. Sie sind, indem die Selbstauflösung malerisch in ihnen angelegt ist, tatsächlich «letzte Bilder».

Josef Helfenstein

17 BELLINI, 1987

TOMAS KRATKY

18 VESNA, 1987

19 MARRAKESCH, 1987

TOMAS KRATKY

20 KOPF (GRUNEWALD), 1985/86

21 DER NARZISS, 1987

PETER RADELFINGER

Wer bin ich? Was soll ich da? An diese zum erstenmal ins Bewusstsein des 6jährigen gerückten Fragen erinnert sich der 39jährige Künstler anhand eines Porträtfotos. Sie fordern ihn zur Fokussierung seines Gesichtes heraus, aus der eine 60teilige Arbeit entsteht (1991–1992), die erstmals in ihrer ganzen Abfolge in Schaffhausen gezeigt wird.

Die geradezu fanatische Beschäftigung mit dem Kindergesicht, das für Radelfinger zu einem Urgesicht wird, führt zu einer rituellen Befragung: Was ist das Gesicht, dieses Gegenüber, das man selber ist, «wie macht es sich»?[1] Es sind Fragen nach der Identität, in einem Lebenslauf entstehend, der seine Spuren hinterlässt und diese im Gesicht abbildet. Die Spuren sind vielfältig und nicht überall nachvollziehbar. Sie kommen aus der Ahnenreihe, dem sozialen und zeitgeschichtlichen Eingebundensein, dem Bewusstsein davon, den Bildern, die es beeinflussen, aus dem Medienalltag, aus der Kunstgeschichte.

Die Suche nach der Identität, ihrer Geschichte und ihrer Entstehung ist in dieser 60teiligen Arbeit als ein offener Prozess dargelegt. Er gleicht der Reise, welche der junge Mann im Film «Gizli yüz» (Das verborgene Gesicht), 1991, des türkischen Filmemachers Ömer Kavur unternimmt: Essentiell ist nicht das Finden, das (Wieder-)Entdecken des Gesichtes, das im jungen Mann als Traumbild angelegt war, sondern der Weg zu ihm, der immer unabgeschlossen bleibt, und die Auseinandersetzung damit als ein «work in progress». Hinter den verfolgbaren Spuren, die sich in Radelfingers Gesichtern abzeichnen, verbirgt sich eine andere Wirklichkeit, für welche im Film der Satz gesprochen wird: «Du schaust in ein Gesicht und fängst das Träumen auf.»

Der dialektische Prozess, der die Gesichter zu Gesichten macht, wird in den Blättern, alle in DIN A 4-Format, durch Überlagerungen gebildet: Über das lieblachende Gesicht des 6jährigen legt sich das quängelige Babygrinsen des Grossvaters, das verlegene Lachen des Sohnes. Durch leichte Verformung der Grundlinien dringt das Dämonische, das Fratzenhafte hervor, durch andere wird die Rolle des Lachenden in diejenige des Clowns verwandelt, des heiteren und des tragischen. Die Maske wird eingeführt in ihrer Doppelgesichtigkeit. Sie bildet auch das zeitliche Spannungsfeld eines Lebenslaufes ab: Der Gipsabguss des jungen noch unausgeprägten Gesichtes von Radelfingers Sohn wird in seiner Erstarrung zur Totenmaske, der letzten Gesicht gewordenen Lebensstation. Durch die ganze Serie hindurch blinkt der Schädel, die Präsenz des Todes «Dort muss das Gesicht verschwinden, und zurück bleibt der Schädel. Eine rund sich wölbende Punktlinie zeichnet die Kopfform nach. Dazwischen klafft Leere, Anfang und Ende in eins zusammenfassend».[2]

Das Gesicht wird zeitlos in den Überlagerungen der Lebensläufe; die Linien, die das alternde Gesicht zeichnen, bewahren den Säugling auf. Jene, die das junge Gesicht umreissen, lassen den Greis ahnen. Das Gesicht ist zeitgebunden durch seine Sichtweise, die immer ein Bild des jeweiligen Bewusstseins ist.

Dass dieses Gesicht ein stets werdendes ist, findet bei Radelfinger auch seine technische Entsprechung: Die Umrisse und Hauptmerkmale, Augen, Nase, Mund werden übermalt. Das unsichtbar Gewordene schimmert durch, die Ölschichten werden mit Terpentin wieder aufgelöst, eine neue Malschicht mit Lack wird aufgetragen. Aus grosser Distanz klingen die vertrauten Züge des Urgesichtes an, in der Nähe ist nur eine weisse Fläche wahrzunehmen. In andern Blättern zeichnet der Künstler mit Graphit auf den noch nicht trockenen Grund, so dass das Zerfliessende der Linie, die stets im Begriff ist, neu zu formulieren, sichtbar wird.

Durch die Rasterstruktur eines Schachtes hat der 6jährige erstmals in einen Abgrund geblickt. In diesem Konzentrationsfeld sind ihm die eingangs gestellten Fragen bewusst geworden, an welche sich der 39jährige erinnert. Dieser Blick in den Abgrund bedeutet ein existenzielles Erlebnis, das für den erwachsenen Künstler die gleiche Aktualität bewahrt hat. Kierkegaard hat es in seiner Bedeutung für den modernen Menschen wie folgt beschrieben: «Angst kann man vergleichen mit Schwindligsein. Derjenige, dessen Auge plötzlich in eine gähnende Tiefe hinunterschaut, der wird schwindlig. Aber was ist der Grund dafür? Es ist ebenso sehr sein Auge wie der Abgrund: Denn was, wenn er nicht hinabgestarrt hätte? So ist die Angst der Schwindel der Freiheit, der entsteht, indem der Geist die Synthese setzen will und da die Endlichkeit ergreift, um sich daran zu halten.»[3]

Schafft Radelfinger Gesichte angesichts dieses Abgrundes?

Tina Grütter

[1] Aus einem Gespräch mit dem Künstler.
[2] Angelika Affentranger-Kirchrath, Peter Radelfinger – Unterwegs zu unfassbaren Zentren, in: Turicum Dez. 92/Jan. 93, S. 78.
[3] Zit. nach Tina Grütter, Melancholie und Abgrund. Die Bedeutung des Gesteins bei Caspar David Friedrich, Dietrich Reimer Verlag, Berlin 1986, S. 202.

22 AUS DER 60TEILIGEN SERIE «GEFÄSS DER ERINNERUNG», 1991/92

PETER RADELFINGER

22 AUS DER 60TEILIGEN SERIE «GEFÄSS DER ERINNERUNG», 1991/92

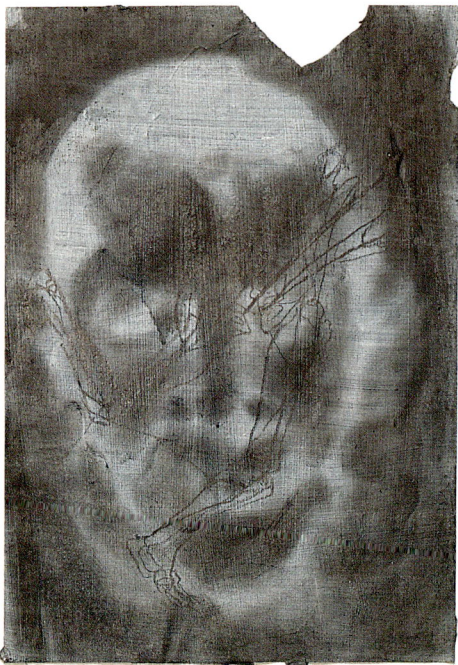

71

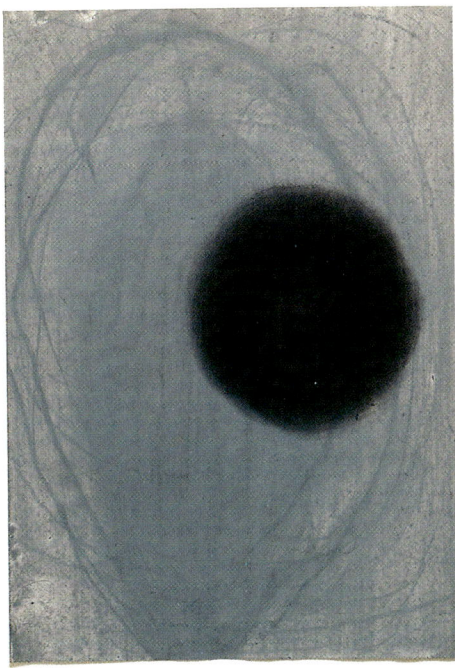

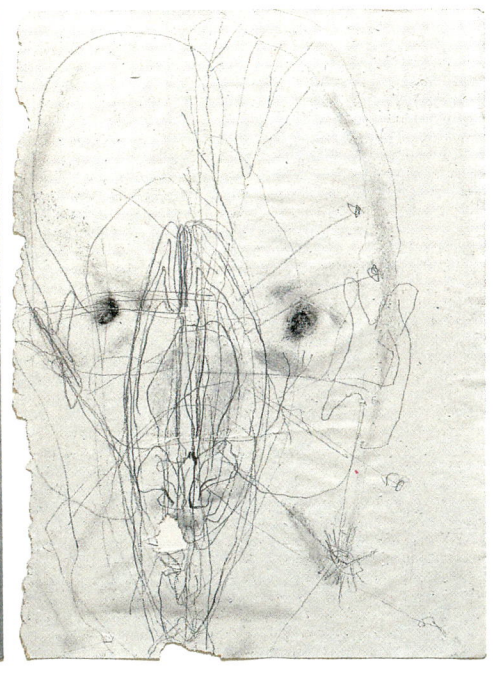

PETER RADELFINGER

22 AUS DER 60TEILIGEN SERIE «GEFÄSS DER ERINNERUNG», 1991/92

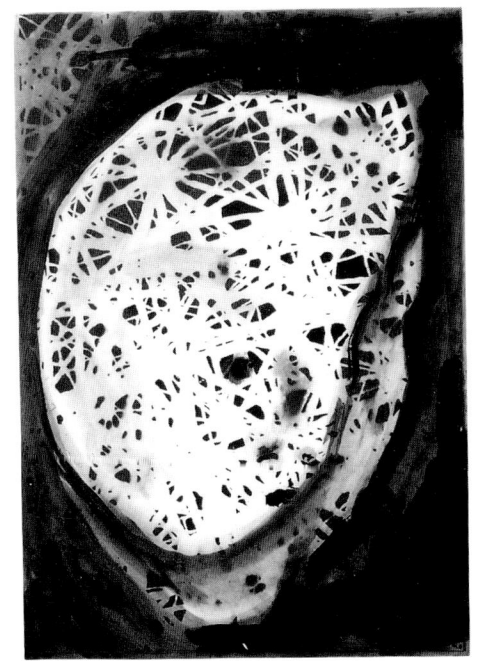

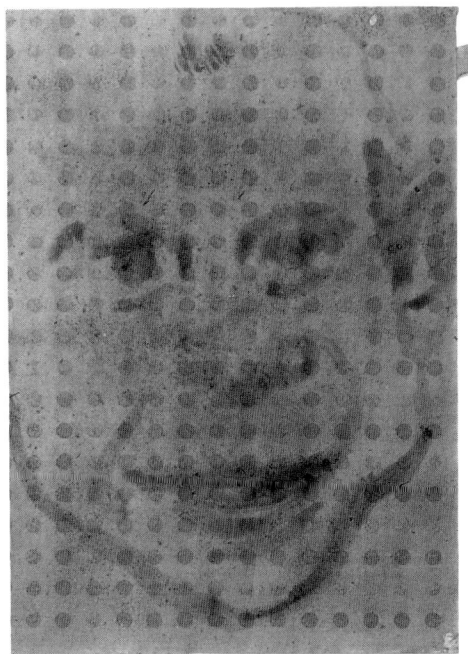

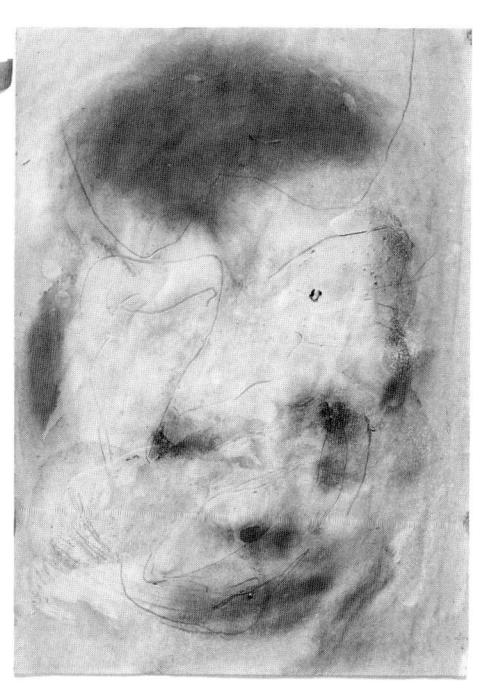

73

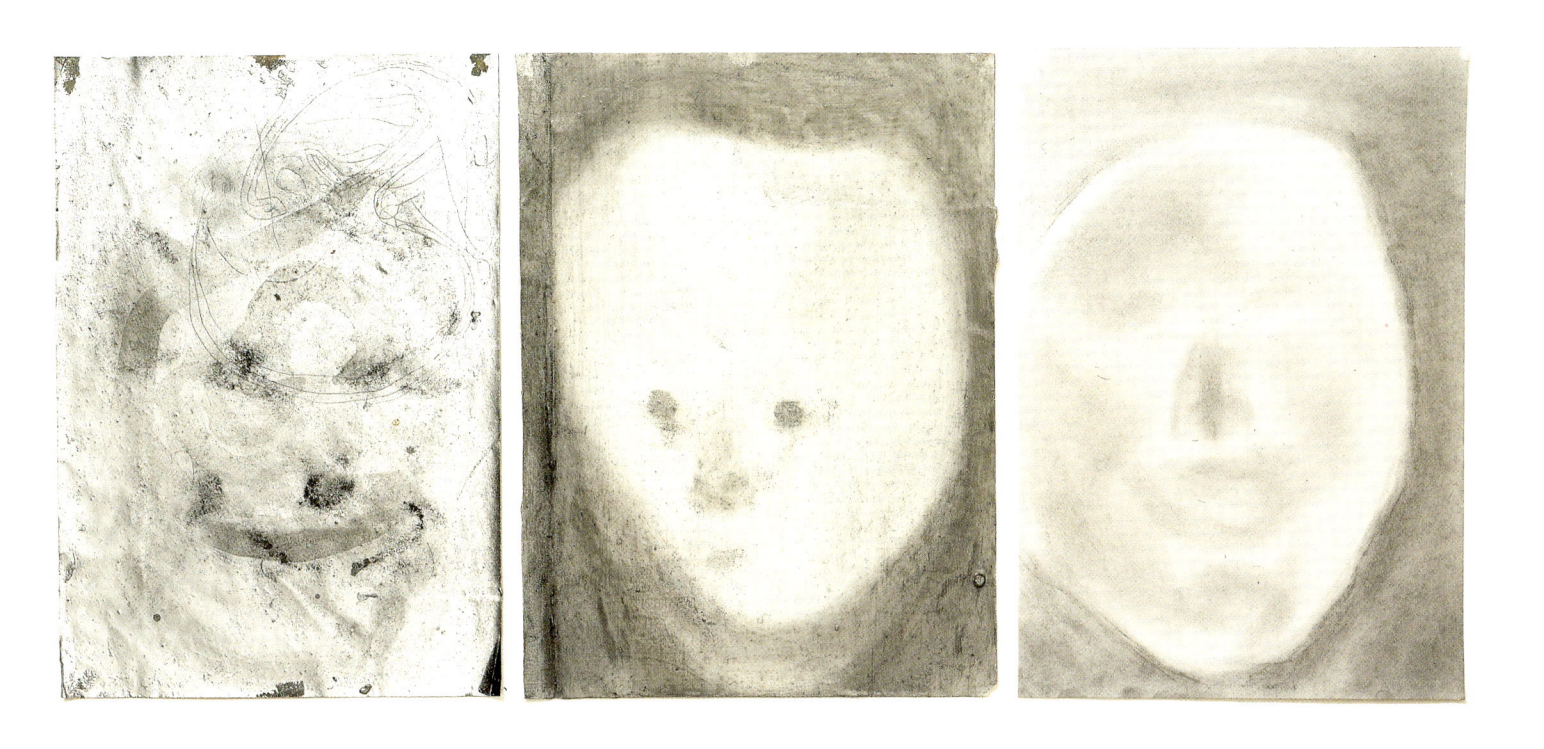

CÉCILE WICK

Seit 1987 entstehen im Werk von Cécile Wick Fotoserien, die sie unter dem Titel «Gesichte» zusammenfasst. Das Gesicht, es ist das Selbstporträt der Künstlerin, erscheint in immer gleichem stillebenhaftem Gebaren: mit geschlossenen Augen, leicht geöffnetem Mund, abgetrennt vom Körper als hätte es sich von ihm gelöst. Diese Isolierung wird durch eine inszenierte Körperhaltung der Künstlerin erreicht, einem Nach-Hinten-Neigen des Oberkörpers, der in ungewohnter Aufsicht von der Fotokamera aufgenommen wird. Wesentlich für den Verfremdungsakt des Porträts zu einem Gesicht ist der drei- bis vierstündige Belichtungsprozess durch eine Lochkamera, der sich das Modell aussetzt, einem Belichtungsvorgang, welcher einem vor-mechanischen fotografischen Registrieren der Camera obscura entspricht. In Annäherung an die Malerei wurde das Licht in der Frühzeit der Fotografie auch in seiner malerischen Qualität eingesetzt, in welcher es Cécile Wick, über das realistische Registrieren hinaus, sich auf der Fotoleinwand ausbreiten lässt.

Das Modell, das sich für diese lange Belichtungszeit in einen regungslosen Zustand, einem Gegenstand gleich, versetzt, wird vom langsam einfliessenden Lichtstrahl auf der lichtempfindlichen Fotoplatte eingefangen. Das Gesicht, das vertraute Gegenüber, wird so zu einem durch ein Instrumentenauge gesichteten Gegenstand. Mit dieser objektiven Sichtung verbindet sich die Neugier der Künstlerin: Was registriert das «Objektiv» der Lochkamera, dieser dünne Lichtstrahl, der durch die winzige Öffnung fliesst, zusätzlich zum eigenen Auge? Durchdringt der langandauernde Sehvorgang, den ein Auge nicht aushalten würde, Schichten, die im Vertrauten, scheinbar Bekannten das Fremde, Unentdeckte ans Licht bringen? Enthüllt er ein zweites Gesicht? Ebenso steht hinter diesem malerischen Registriertwerden das Interesse der Künstlerin, hinter die psychischen Regungen, die das Porträt definieren, zu einem Seins-Zustand zu kommen, der das Gesicht in einen grösseren Zusammenhang einbettet.

Zur Eigenart des Registrierens mittels langer Belichtungszeiten gehört, dass an den Rändern der Gegenstände «Unschärfen» entstehen, so dass diese ineinander überzugehen scheinen. Dieses Übergänglichwerden wird von der Künstlerin fotografisch durch Mehrfachbelichtungen gesteigert. Dadurch werden weder Vorder- noch Hintergründe zum Gesicht, sondern Ding-Bezüge auf gleicher Ebene geschaffen. Das Gesicht, abgelöst vom Körper, wird zu einer Kopf-Skulptur, zu einem Ding unter Dingen. Auch das Ding hat ein Selbst, ist in seiner Regungslosigkeit belebt (man weiss, dass die Berge noch immer am Wachsen sind) – ein durch das Auge nicht nachprüfbarer Prozess.

Die langsame Sichtweise der Lochkamera kann diese nichtsichtbaren Regungen, das verborgene Leben der Dinge, in welches die Künstlerin ihr eigenes Selbst einbezieht, erspüren. «In der für Camera-obscura-Bilder spezifischen Struktur und Textur (Unschärfe war dafür das falsche Wort) verbirgt sich all das unsichtbare Pulsieren und Zittern der Dinge, das unendlich langsame Fliessen, das Wachstum von Pflanzen, vielleicht sogar Teilchenspuren jener Bewegung, die man – im emotionalen Sinne – Erschütterungen nennt.»[1] Die Bewegung des «langsamen Fliessens», bindet die Dinge in das Element des Wassers ein, wo das Verschwimmende, Sich-Auflösende aufgehoben ist.

Für die Ausstellung sind zwei verschiedene Serien-Typen von Gesichten ausgewählt worden: das sich passiv hingebende rückwärts gewandte Gesicht – Ophelia/Echo – und das aktiv schauende Engelsgesicht.[2] In der Ophelia/Echo-Serie wird das Gesicht in eine fliessende Struktur miteinbezogen: Die Steine wachsen aus zu Blättern, welche sich als Haarfülle aus dem Kopf ergiessen. In seiner Rückwärtsgewandtheit verbindet es sich mit der Erinnerung; sein Verwachsensein mit dem Wasser lässt es einer Nixe zuordnen, aber auch einer Wasserleiche – Ophelia. Als Ding unter Dingen ist es eingebunden in einen Zeitfluss, wo Materie transformiert wird und die Auflösung zum Erneuerungsprozess von Leben gehört, wie die mythologische Gestalt der Echo ihn verkörpert.

Die Engelsgesichter dagegen sind leicht nach vorne geneigt, in ein meditatives Schauen versunken, das zu einem Hinhören wird in eine Welt der Klänge.

Bei beiden Serien bleibt das Gesicht ein präzise lesbarer Gegenstand im Gegensatz zu den fliessenden «Gründen». Dies gibt dem Bild eine schmerzliche Spannung von Nähe und Ferne, von Hier-Sein und Dorthin-Wollen, vom Begrenzten einer physischen Realität und der Unermesslichkeit einer visionären Schau.

Tina Grütter

[1] Patrick Frey, Die Atmosphären der Durchlässigkeit, Kat. Kunstmuseum des Kantons Thurgau, Kartause Ittingen, Photoforum Pasquart Biel, 1990/91, o.S.
[2] Im zitierten Artikel vergleicht Patrick Frey die beiden mythologischen Gestalten des Narziss und der Echo; der Hinweis auf das Engelsmotiv stammt von der Künstlerin.

23 OHNE TITEL, 1991

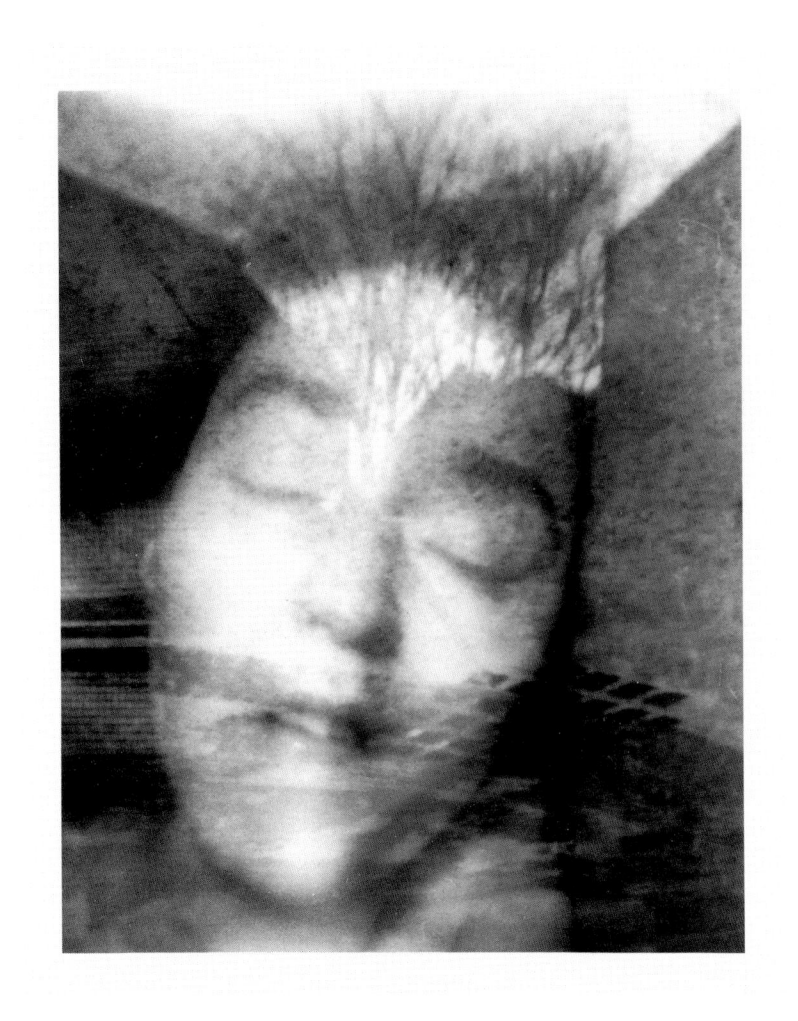

24 OHNE TITEL (AUS DER SERIE «GESICHTE»), 1992

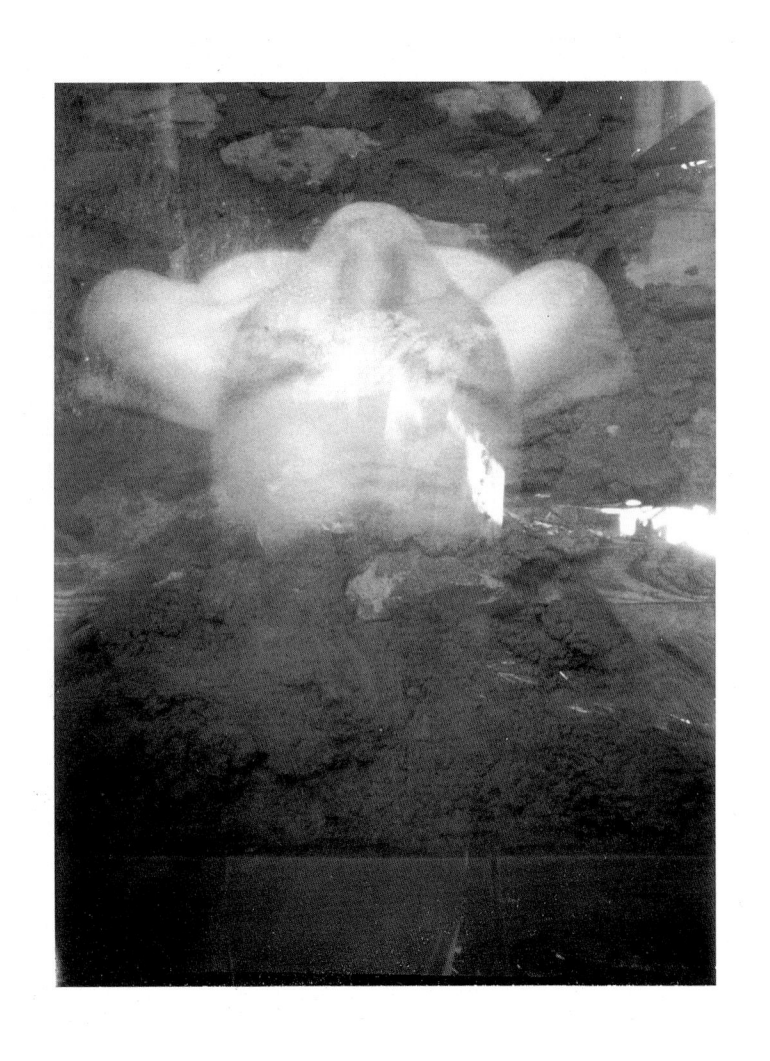

25 OHNE TITEL (AUS DER SERIE «GESICHTE»), 1992

CÉCILE WICK

26 OHNE TITEL (AUS DER SERIE «GESICHTE»), 1992

27 OHNE TITEL (AUS DER SERIE «GESICHTE»), 1992

CÉCILE WICK

28 OHNE TITEL (AUS DER SERIE «GESICHTE»), 1992

Am Meer siehst du ja die Engel,
beim Sonnenaufgang und bei Sonnenuntergang.
Das würde mir gefallen,
als Engel schwebend, über dem Meer,
als Dunst, der aus dem Meer heraussteigt
und dann wieder geht.
Zeitweise möchte ich das.

                                                  Cécile Wick

                                          (Kat. Ittingen 1990/91)

Silvia Hess

ICH WAR BEI UNDINE — VOR LANGER ZEIT

Beinahe verstummt
beinahe noch
den Ruf
hörend.

Komm. Nur einmal.
Komm

Ingeborg Bachmann, «Undine geht»

Vielleicht, hatte ich gedacht, hält das einer ein Leben lang aus, an der immer gleichen Stelle des Ufers zu stehen und zu glauben, das ferne Land schon zu sehen. Und vielleicht, dachte ich, wäre es möglich, mit einem grossen Schritt über das Meer hinwegzutreten.

Aber ich stand an meinem Ort, die Füsse tief im Sand vergraben und wartete, und ich wusste nicht worauf und ich wusste es doch.

Es war ruhig in jener Gegend. Selten kam jemand vorbei, und geschah es dennoch, spürte ich die erstaunten Blicke. Und ich sah, obschon meine Augen müde geworden waren und ein feiner Schleier vor meinem Gesicht hing, das Kopfschütteln und das hastige Weitergehen.

Vor mir bewegte sich weich das Meer. Es lag ein helles, durchsichtiges Grün im Wasser. Darunter, nahe dem Grund, mussten andere Farben wohnen, denn wenn der Wind mit den Wellen spielte, wurde alles ein wenig durcheinandergebracht, das helle Grün wurde dunkel, wurde violett, und manchmal schwamm ein dichtes Schwarz zusammen mit den Fischen und den Muscheln und allem, wovon das Wasser wimmelt, auf und ab.

Ich sah den Anfang und das Ende der Tage und Nächte, sah, wie dann und wann das Mittagslicht brach, wie wenn sich die Dunkelheit schon vor der Zeit ins Helle mischte, und ich sah nachts Lichter sinken in die Finsternis. Doch ich hatte keine Fragen, ich sah es und blieb reglos stehen.

In meinen Armen trug ich einen grossen Strauss weisser Lilien. Ich hatte die Blumen mitgebracht und hielt sie noch immer fest an mich gedrückt. Abends berührte mich ihr wohlriechender Duft wie eine warme Hand, aber ich liess nach jedem Sonnenuntergang eine von ihnen zur Erde fallen.

Es lagen in jener Nacht sieben Blumen nebeneinander. Ihre glockenförmigen Blüten waren im Sand jeweils sofort vertrocknet. Und bald würde man keinerlei Reste mehr erkennen, der Boden würde leer sein und der Himmel darüber würde die öde Stille nicht tilgen, denn er war damals von keinem Stern und keinem Mond erhellt. Und auch das Meer schien in einen tiefen Schlaf geraten, seine Wellen, die mir bisher unaufhörlich entgegengerollt waren, ruhten jetzt ausgestreckt.

Da durchdrang ein Ton die starre Fläche und zerschlug das Schweigen. Wie ein Steinwurf auf Glas brach er in die Nacht und klang voll Glanz und Gold.
Und aus der Mitte von schwimmenden Kreisen erhob sich, umgeben von weissem Licht, eine singende Gestalt. Eine Frau mit langen, tropfenden, blauschwarzen Haaren. Sie hielt in jeder Hand eine brennende Kerze, eine davon streckte sie mir entgegen.
Ja, flüsterte ich und wankte knietief ins Wasser.
Es waren mir zuvor alle übriggebliebenen Blumen aus den Händen geglitten und lagen nun auf einem Haufen, an der Stelle, wo darunter noch die eingestampften Zeichen meiner Füsse zu sehen waren.

Nun bin ich angekommen, sagte ich leise, nun bin ich an ein Ende gekommen. Ich breitete die Arme auseinander und hüllte mich in den wiegenden Gesang.
Und ich machte kleine Tanzschritte und lief, mich mit der Melodie hin und her schaukelnd, auf die Frau zu.

Dann, als ich vor ihr stand, wie sie nun bis zu den Hüften vom Meer bedeckt, brach sie ihr Lied ab.
Sie gab mir die Kerze in die Hand, nahm meine Finger und schloss sie mit festem Druck darum.
Nein, sagte sie nach einer Weile, nein, in den Wassern an kein Ende, an keinen Anfang.
Ihr Blick glitt weit über das Meer.

Und jetzt sah ich, im Schein der beiden Kerzenlichter, in den noch schlummernden Wellen liegend, mein Gesicht. Hundertmal, tausendmal, spiegelten sich im fahlen Licht meine Stirn, meine Augen, mein Mund.

Die Frau beugte sich über das Wasser und ihr Haar breitete sich wie ein Netz, wie ein schützendes Geflecht, über den Gesichtern aus.
Ein paar Augenblicke verharrte sie so,
dann schüttelte sie behutsam den Kopf und die Haare strichen sachte über das Meer, und die Wellen und mit ihnen die Gesichter begannen zu zittern und zu beben.

Und in die Augen des einen Gesichts fiel ein Kummer, in die eines anderen ein Schmerz, in andere eine Hoffnung, ein Verzeihen, eine Liebe.
Die Münder formten sich zur Härte, zum Hass, zur Milde. Und als ein Windhauch das Beben streifte, bäumten sich die Wellen auf, und es erschien auf den Stirnen das Zeichen der Schuld, des Erbarmens, des Friedens.

Es wird bald Tag sein, murmelte die Frau und blies die Kerzen aus und nahm mir die meine wieder aus der Hand. Unter dem grau werdenden Himmel verblassten die Gesichter allmählich, und nachdem eine letzte, nachtschwarze Welle verebbt war, taumelten nur ein paar vergessene Schaumkronen in den anbrechenden Morgen.

Die Frau wandte sich ab und ging langsam, das Wasser hinter sich teilend und wieder schliessend wie ein Geäst, in die Richtung, wo das ferne Land liegen musste. Sie hatte ihr Lied wieder zu singen begonnen, und als ich sie im aufsteigenden Dunst schon längst nicht mehr sehen konnte, hörte ich noch ihre Stimme.
Ich habe mein Gesicht gesehen, rief ich ihr nach — jedes dieser Gesichter war das meine. Ich horchte in den weisslichen Horizont und hörte ihren Ruf, hörte ihn beinahe nicht mehr, aber doch so, dass ich ihn verstand — Das Gesicht aller Menschen.

Fast wäre ich über die Lilien gestolpert, obschon sie hell im Frühlicht glänzten. Ich hob sie auf, lief mit ihnen nochmals zum Meer und warf sie mit einem festen Ruck ins Wasser. Dann stand ich noch und schaute zu, wie eine nach der anderen in der Brandung ertrank.

MARKUS RAETZ

Das Gesicht ist bei Markus Raetz in hohem Mass mit Sehen und Wahrnehmen verknüpft. Es ist, sagt er, das Motiv, das wir am besten kennen. Bei keinem Thema sind weniger Mittel nötig, um die Imago wachzurufen. Wieviele, das hat er über die Jahrzehnte immer wieder erprobt: Gesichter heben sich ab als Schatten, Flechtwerk und Linienzentrum. Sie treten hervor durch die Verdickung von Linien oder die Konzentration von Punkten. Sie schweben zwischen Struktur und Nichtstruktur, lösen sich als Ordnung aus Unordnung, vibrieren hinüber zu Ornament und Abstraktion, setzen Kontur gegen Auflösung, und sie spielen dabei (fast) immer mit der basalen Orientierung von Figur und Grund.

Das Gesicht erkennen wir als Abweichung, und viele Blätter entfalten ein bildnerisches Alphabet, das die deutbare Differenz im jeweiligen Kontext akzentuiert. Ganz in diesem Sinne hat Markus Raetz 1981 Pinselschwünge zu «bedeutenden (nämlich Gesichtern) und unbedeutenden Linien» geordnet oder kleine Bögen und Punkte zwischen Raster und Antlitz changieren lassen.

Seit den Ulmenzweigen, die er 1970 zum Leib einer Frau aufstellte, wurde ein Vokabular aus Kurve, Gerade, Verzweigung und Kreuzung entwickelt und mit den verschiedensten Materialien umgesetzt. In den achtziger Jahren entstanden mit Bruyere-Hölzchen bzw. Eukalyptus-Blättern prägnante und dennoch wie traumverloren schwebende Gesichtscollagen an der Wand. Zu der Skulpturenausstellung im Basler Merianpark wurden 1984 siebzehn Steinquader so angeordnet, dass sie aus der Nähe eher zufällig wirkten, von einem Hügel herab dem entspannten Blick sich aber zum anamorphotischen Gesicht formten, das zwischen Fläche und Raum oszillierte. Und die 644 Profile aus der Nacht vom 2. auf den 3. April 1973 sind die bisher vielleicht umfassendste Untersuchung der Variationsmöglichkeiten der entsprechenden Signaturen: Jedes Bild findet seinen Widerhall in den Abweichungen des folgenden, und wie der Zeichner von Blatt zu Blatt Veränderungen vornimmt, erkennt der Betrachter Unterschiede und Eigenheiten in der (korrespondierenden) Bewegung eines vergleichenden Sehens.

Beide Elemente, die Veränderung der Gesichtssignaturen im Arbeitsprozess und das Changieren zwischen Fläche und Raum, kehren in den Arbeiten der jetzigen Ausstellung wieder. Die neun Blätter der Person D sind Zustandsdrucke. Mit vier weiteren, völlig imaginären Personen bilden sie eine «Familie» (Raetz) und den zweiten Komplex der Werkgruppe «Säureanschlag» (1985). Allen gemeinsam sind das Gesicht im Dreiviertelprofil mit Blick auf den Betrachter und die Technik der Direktätzung mit ihrer ans Aquarell erinnernden Wirkung. Jeder Zustand wurde nach dem Abzug zur Ausgangssituation für die nächste Bearbeitung. Ziel war es, mit minimalen Eingriffen tiefgreifende Veränderungen zu bewirken. Handwerk, visuelles Erfassen der Situation und eine schnelle Intuition für die Möglichkeiten neuer Akzentuierungen bestimmten den Arbeitsprozess, die einzelnen Schritte waren wichtiger als ein Endresultat. Wie das erste Blatt sich gerade vom Grund abhebt, so scheint das neunte die letzte Stufe vor einem völligen Versinken des Gesichts im Schwarz zu sein. Das Potential ist aufgebraucht. Den Wandel des Ausdrucks von skizzenhafter Lebendigkeit bis zu maskenhafter Starre können Betrachter, z.B. psychologisierend, mit inhaltlichen Deutungen füllen. Dies umso mehr, als der zunehmend flächiger werdende Hell-Dunkel-Kontrast eine Intensivierung des Blicks und eine Immaterialität des Gesichts zugleich bewirkt.

Dieses letzte Dilemma des Betrachters kosten die drei Heliogravüren der «Reflexion» voll aus: Das Sonnenlicht aus der Dachluke des Ateliers, die Hand mit dem Spiegel und das Gesicht, das – von Raetz mit Fettkreide auf diesen gezeichnet – auf dem Boden reflektiert ist, treffen auf der Gelatineschicht zusammen, die später auf die Kupferplatte aufgebracht wurde. Ganz ähnlich wie bei den anamorphotischen Arbeiten kompensiert der Betrachter das Augenspiel mit den Raumverhältnissen als Immaterialität, als mit Präsenz gepaarte Unfassbarkeit und macht das Gesicht zur Erscheinung. Diese Unschärfe zwischen optischer und denkend deutender Wahrnehmung kehrt in einer Reihe jüngster Skulpturen wieder: Der Hase, der in einen Mann mit Hut kippt, oder der Kopf am norwegischen Meer, der den Passanten «Kopf steht», erproben die Grenze, an der das Gehirn die visuellen Chiffren anders organisiert. Die Evokation des Konkreten (seitens des Künstlers) und dessen Wahrnehmung (durch den Betrachter) arbeiten mit abstrakten Signaturen. Was die Augenlinsen aufzeichnen, wird erst im Kopf zum Bild, die Kopfbilder sind das, was wir als Gesichte/r zu erkennen meinen.

Gerhard Mack

29 REFLEXION I, 1991

MARKUS RAETZ

30 REFLEXION II, 1991

31 REFLEXION III, 1991

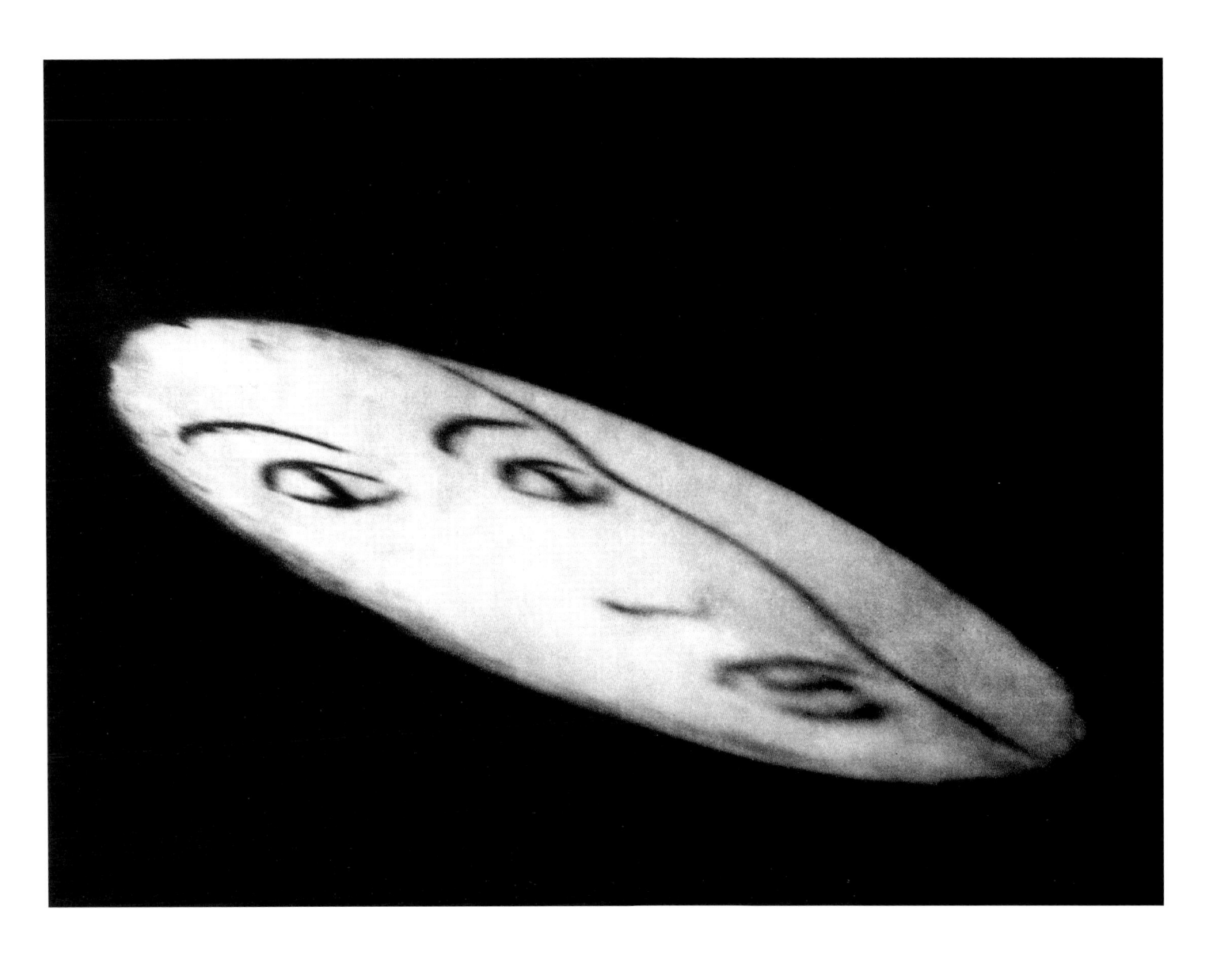

MARKUS RAETZ

32 PERSON D, 1985 (5. Zustand)

33 PERSON D, 1985 (6. Zustand)

PETER ROESCH

Peter Roesch hatte in den siebziger Jahren auf journalistische Fotos zurückgegriffen und sie mit Übermalungen bzw. Überzeichnungen auf ihren Gehalt überprüft. Das «Gruppenbild» von 1988 seziert die Struktur der Geschlossenheit, die dieses fotografische Genre ausweist, und spielt das aufgebrochene Material perspektivenreich gegeneinander. Eine zentrale Rolle kommt dabei den Gesichtern zu, die aus der oberen rechten Bildhälfte frontal auf die Betrachter schauen. Sie sind braun, rot oder schwarz vom hellen Bildgrund abgesetzt. Wo ein beinahe weisses Rosa sich darin aufzulösen droht, bewahren die Gesichtsgrapheme Augen, Brauenbögen, Nase und Mund die Ganzheit eines Ausdrucks, der variiert, aber genauso wenig Individualität signalisiert wie etwa die früheren anonymen Figuren des Bildes mit dem Titel «Gesichtslose Geschöpfe» (1982) oder der Reihe «Graue Tage» (1981). Lachen, Ernst oder Melancholie changieren zwischen (clownesker) Maske und lebendigem Ausdruck und schweben aus dem Bildgrund hervor, als wäre er ein Nebelmeer unterschiedlicher Dichte. Gleichwohl schlagen sie einen Grundton an, der das Wechselspiel aller Bildelemente bestimmt.

Da ist zunächst einmal diagonal gegenübergesetzt ein grosser Bereich erdtoniger, zumeist isolierter Flecken unterschiedlicher Grösse, die die Wahrnehmung sofort in die Nähe der Gesichter rückt. Das Gesicht als Fleck hat in der Moderne eine Tradition, die nicht selten mit der Erfahrung der städtischen Menschenmassen und neuen Geschwindigkeiten in Verbindung steht. Daran erinnert man sich auch hier: Während die Gesichter rechts oben wie starre Erscheinungen in strenger Ordnung wirken, sind ihre rot- und brauntonigen Gegenüber Teil einer sachten, kreisenden Bewegung, die das ganze Feld erfasst und das strukturlose Arrangement beruhigt. Es ist, als glitten viele Menschen vorüber, und ihre Gesichter bleiben als helle Flecken auf der Netzhaut zurück.

Zugleich müssen wir eventuell unsere Perspektive wechseln. Die verschwimmenden Physiognomien könnten in der Aufsicht Köpfe sein, plastische Volumen, die auf der Zeichnung einer Art Doppelkopf (46 × 34) so dominant werden, dass man eine Terrakotta zu sehen meint. Das Gesicht wird Kopf. Als Kugel kehrt er im bisherigen Werk Peter Roeschs immer wieder, meint die Welt (etwa auf «Die Waage», 1982), den Eros (eine Zeichnung von 1989), den idealen Raum und wieder den Kopf als den Ort, dem die Bilder entspringen.

Die Bildräume sind mehrdeutig. Beziehungsgefüge zwischen Menschen werden assoziativ umkreist. «Die Welt ist nur als Ahnung» (Max Wechsler) vorhanden. Auf geschichtliche Verortung wird verzichtet. Themen, Motive, Bedeutungen sind aus dem Bildreservoir von Mythologie, Religion und Kultur amalgamiert wie bei den Kreuzformen, die, einem Stahlskelett ähnlich, die obere Bildhälfte durchziehen. Erlösermotiv und Atlas-Figur (zu der auch ein Bild vorliegt) kommen mit dem Thema der Tänzer zur Deckung, die sich als Paare gegenüberstehen und sowohl «Gleichgewicht» (wie eine frühe Ausstellung lautete) als auch Umarmung und Distanz signalisieren.

Damit vervollständigt Peter Roesch auch die Perspektivik des Bildes. Zwischen Gesicht, Fleck, Kopf und Figur wechselt die Sicht der Betrachter. Was sie sehen, befindet sich zwischen Auflösung und Neubildung. Erinnerung, Vision oder schneller Blick sind nicht zu unterscheiden, die Geschlossenheit eines «Gruppenbildes» ist in eine vielfältige Dynamik aufgebrochen, die der Maler beschleunigt. Der auf vielen Bildern dicht geschlossene Hintergrund ist in einen unbestimmten Raum aus Volumen und Strich geöffnet. Mit fast farblosem Pinsel nimmt der Bildschreiber davon Besitz: Bewusst flüchtig wie die Kritzelelemente hat er die Farbflächen aufgetragen, als skizziere er verschiedene vorläufige Stadien eines Bildprozesses. Ein Jahr später entstehen «Architekturen» zwischen Schraffur und Gesicht. Die Bildfläche wird da erneut zum Schnittpunkt von Plastik und Zeichnung, Statik und Bewegung, Perspektiven, Distanzen und Zeitphasen. Dass es gerade das Gesicht ist, das in dieser Auflösung erste Orientierung gibt, ist für das soziale wie das ästhetische Thema des «Gruppenbildes» vielfältig interpretierbar und weist auf die nachfolgende Entwicklung voraus. Sie reduziert bis hin zu den letzten, 1991 in München entstandenen Zeichnungen den Körper auf Gesicht oder (porträtähnlichen) Kopf, und entwickelt diese aus der Fläche oder der (geknäuelten) Linie, indem sie sie darin isoliert. Ordnende Flächenpartien überlagern chaotische Strukturen, und Energieströme verdichten sich zum Kopf, aus dem die Impulse kommen. Das Gesicht wird zum Ausdruck des Gestaltungsvorgangs.

Gerhard Mack

34 GRUPPENBILD, 1988

35 O.T. 1992

36 O.T. 1992

PETER ROESCH

37 O.T. 1991

38 O.T. 1991

GASPARE O. MELCHER

Kann mit den Mitteln der heutigen Malerei ein Bild von allgemein gültiger Aussage geschaffen werden? Wie sähe eine solche, auf malerischen und gesellschaftlichen Analysen basierende Bildstruktur aus? Melchers Malerei kreist seit den siebziger Jahren um diese Grundproblematik. Bild, das bedeutet für ihn die Schaffung eines kommunizierbaren Zeichens von allgemeiner Lesbarkeit. In der Frage nach diesem allgemein gültigen Bild hat der Künstler eine abstrakte Zeichensprache geschaffen und diese in einem Rasternetz zusammengestellt. Dieser Raster der Ideogramme, wie Melcher sie nennt, überlagert sich mit Zeichen unserer Körpersprache, expressiven Gesten. In der Überlagerung dieser Abbreviationen entstehen Bildstrukturen, welche Denksysteme und Handlungsschemen einschliessen, «Strukturen im Prozess»[1], deren dualistisches Prinzip zu immer neuen Einsichten führt, Einsichten, die vor allem das Verhältnis des Menschen zum Raum austasten.

Welche Rolle spielt das Gesicht in diesem Strukturennetz? In der Figur von Stephen Gray, einem englischen Naturwissenschafter des 17./18. Jahrhunderts findet Melcher eine Verkörperung dieses Dualismus. Der zu einem physikalischen Experiment an einem Gestänge in den Raum gehängte Mensch (er basiert auf einer Skizze, die der Künstler in einem Lehrbuch gesehen hat) wird zu einem zentralen Motiv seiner Malerei seit 1984. In einem kompliziert aufgebauten Raumraster geschieht die unmittelbare Begegnung mit dem menschlichen Wesen durch das Augenpaar, das direkt auf den Betrachter gerichtet ist. Dadurch bietet es einerseits Halt, andererseits stellt es eine eindringliche Frage aus dem pyranesiartigen Labyrinth. Im Augenpaar, gleichsam Zentrum des Erkennens, vereinigen sich Körpersprache und geistige Kommunikation. Melcher ist in der Auseinandersetzung mit alten Schriften auf eine interessante Bedeutung des Augenpaares gestossen: «In Skizzenbüchern jener Zeit (1972–1974 in Amsterdam, T.G.) stossen wir auf die Beschäftigung mit dem Alphabet, mit Runenschriften, mit Zeichen, die Melcher auf Grabplatten gefunden hat; ein Blatt zeigt ein ‹Kyprisches Syllabar›…: ein Zeichen dieser Schrift, das unserer 8 oder dem Unendlichkeitszeichen gleicht, hat Melcher später in sein eigenes Zeichensystem aufgenommen – es bedeutet auf Zypern ‹Ich schaue›.»[2] Dieses «Ich schaue», ausgedrückt durch das Augenpaar, symbolisiert das Sehen im Sinne eines Erschauens, einer eigenen Vision, Inbegriff eines Gesichtes.

Ordnender Raster der Ideogramme und expressive Linie der Körpergesten komplizieren und verdichten sich in der Serie der Gelben Bilder, die zu Beginn der neunziger Jahre entstehen. Die sich überlagernden Linien schaffen einen Bildraum, der vom Gelb in die Fläche gebunden wird; das Gelb erhält die Funktion eines Goldgrundes, einem sich abschliessenden Flächenraum, wie ihn Melcher in den gotischen Altarretabeln studiert hat, der sich als Lichtraum, als visionärer Raum, öffnet. Aus diesem Lichtraum heraus wächst die Figur des Stephen Gray, dramatisiert zu einer apokalyptischen Erscheinung, das Gesicht mit den Augen, Ort der unmittelbaren Konfrontation, zur Fratze deformiert. In der Überlagerung von expressiven Körperlinien und Zeichenraster bildet sie die Figur des Gekreuzigten.

In der Suche nach dem gültigen Bild muss Melcher auf die «Sainte face» stossen, das (Ab)Bild des Christuskopfes im Schweisstuch der Hl. Veronika.[3] In ihm bildet sich seit dem Mittelalter die Grundfrage nach der Existenz Christi, aber auch diejenige nach dem wahren Bild – vera icona – ab. Dieses überlieferte Christusgesicht ist ein Ab-Druck, eine Re-Produktion. Es wird, als Ikone, meist in Frontalität und Symmetrie und durch eine Dominanz der Augen dargestellt. Dieses Icon überträgt Melcher in der Serie der Veronika-Bilder (1990–1992) auf die Figur des Stephen Gray, auf die Erscheinung seines Gesichtes. Anders aber, in einer «Ver-Bildung» des bekannten Icon, wird die zum Gesicht gehörige Mundpartie als Öffnung eines Insektes, eines Vampirs gestaltet; das schauende Gesicht wird so auch zum Verschlingenden. Dieses Veronika-Bild ist aus einer facettenreichen Collage-Struktur zusammengesetzt, Fragmenten von Fumettis, den populären Comic-Romanen, die Melcher in Italien kennengelernt hat. Das neue allgemeingültige Bild, in dessen Zentrum ein Gesicht des Leidens, aber auch des Verschlingens steht, setzt sich aus Fragmenten von populärem reproduziertem Bildmaterial zusammen: Die vera icona ist im Kommunikationsnetz der Massenmedien gefangen.

Tina Grütter

---

[1] Gerold Fritsch, Die Welt als Selbstproduktion. Zum Raum-Zeit-Konzept G.O. Melchers, in: Kunst-Nachrichten 6/1987, S. 172.
[2] Zit. nach Beat Wismer, Gaspare O. Melcher, Werke 1971–1988, Kat. Aargauer Kunsthaus Aarau, Palazzo Guasco di Bisio, Alessandria, Museum Bochum 1989/90, S. 7.
[3] S. Anm. 7 zum Artikel von Angelika Affentragner S. 31.

39 VERONICA FIG. NR. 3, 1992

GASPARE OTTO MELCHER

40 O.T. 1990

41 TEOREMA NR. 26, STEPHEN GRAY, 1990

KLAUDIA SCHIFFERLE

Augenköpfe rollen durch den Raum. Pupillen drehen sich nach allen Seiten. Münder blecken ihre Zähne. Das Gesicht hat auf den Zeichnungen, die Klaudia Schifferle Mitte der achtziger Jahre zu Papier gebracht hat, seine Ganzheit verloren wie der Körper sein anatomisches Korsett. Füsse und Hände werden Teile der Physiognomie. Alles ist miteinander verwachsen, schmiegt sich an wie die Linie an die Fläche, gebärt und verschluckt sich und bildet neue Gewächse, um sofort wieder einzutauchen in den Strom der Verwandlungen. Da wird etwa auf der dunklen Bleistiftzeichnung «Nagender Muskel» von 1986 die Zunge zum Mund, der Mund zur Nase, aus der Nasenwurzel eine Hand, daraus das Haar und dieses zum Kinn. Die einzelnen Partien treten hervor, man sucht nach ihrer Syntax und wird auf sie selbst zurückgeworfen und Teil der Bewegung, die die Elemente erfasst: Alles auf diesen Blättern ist Tanz, Ekstase, Auflösung, halluzinatorische Wahrnehmung und Verschmelzung, eine innere Musik, die die Gesichtsteile wie Motive verwendet.

Die Physiologie ist suspendiert; wie so ein Gebilde zusammengesetzt wird, bestimmen der gestalterische Zufall und die emotive Erfahrung des Körpers. Am 20.10.1986 kreist ein gut getränkter Pinsel auf dem Papier, bis die Kontur eines Kopfes hervortritt und zu weiterer Gestaltung herausfordert. Das Wesen zwischen Tier und Mensch, das Klaudia Schifferle am Ende belässt, hat eine atemlose Präsenz, als wäre es ohne Zeit aus dem Nichts gekommen. Sein Umriss wirkt wie von grossem Druck gequetscht. Im Mund scheinen sich Aussen und Innen zu vermischen. Die Augen folgen verschiedenen Perspektiven.

Wie die Technik von Aquarell über Stift und Pastellkreide bis zu Fingermalerei wechselt, so werden auf diesen Blättern die verschiedensten Gefühle miteinander vernetzt und das einzelne Motiv zum variablen Träger. In den Augen findet sich jeder Ausdruck zwischen Heimtücke, Hass, Angst, Freude oder Liebe. Der Zahnmund lacht, ist Vagina dentata, Boot, Frucht und schlingender Schlund. Einheitlichkeit und Geschlossenheit sind Schifferles Gesichtern fremd. Ihre Menschen sind keine Renaissance-Typen mehr; eher schon entsteigen sie der grotesken Welt des Hieronymus Bosch. Der glatte Spiegel der Seele ist zerbrochen, seine Splitter zeigen Verzerrungen und Verwachsungen. Das Gesicht wird zum Gefäss vieler Gesichter, die heraufsteigen oder geahnt werden aus unterschiedlichen Zeiten. Zwischen zwei verwachsenen Köpfen ist ein Profil einskizziert als Imagination oder Erinnerung. Auf einem rosa-violett-tonigen Blatt von 1986 lässt sich beinahe jedes Element zwei oder drei Ansichten zuordnen. Eine Linie, eine Form bestimmen, was sich anschliessen lässt. Die Starre des kubistisch anmutenden Blocks wird in eine Dynamik aus Bewegungsrichtungen aufgelöst. Individualität, als deren Inbegriff das Gesicht immer noch gilt, ist nichts Fixierbares; sie unterliegt einem Fluss stetiger Gestaltwerdung und Öffnung.

Die Kontaktsinne Augen und Mund sind das zentrale Material dieser Schöpfungen. Aussen und Innen, das Eigene und Fremde, Sehen und Gesehenwerden sind in ihnen vermittelt. Zur Fratze einer Nachtmahr oder eines humoristischen Kobolds werden sie, weil wir die Bewegungen, Tempi und Einzelelemente beim Betrachten immer auf der Papierfläche zur Ganzheit bringen. 15 Augen hat Klaudia Schifferle einer Figur gegeben, viele Blicke, Erscheinungen und kulturgeschichtliche Inbilder bringt die «Traumnäherin» zusammen.

Aufgelöst ist aber nicht nur die Imago des unverletzlichen Gesichts und des stabilen Selbst; die innere Metamorphose wird erweitert in die äussere Natur. Eine kleine Zeichnung von 1986 macht eine Schnittfläche zur Physiognomie eines Steins und fügt ihm Wurzelelemente hinzu. In das «Porträt mit Blumen» (1984) sind Tulpen, Rosen und Fruchthülsen eingelagert, als seien sie Inhalte einer frühen Erfahrung, die im Kopf weiterlebt und die Wahrnehmung bestimmt. Die Pflanzennatur wuchert durch die Haut. Steine und Wurzeln werden beseelt, das Formenrepertoire verwächst zu einer animistischen Ganzheit. Darin mag die Kindheit der Künstlerin am Stadtrand von Zürich nachklingen. Heute versinnlicht diese Metamorphose die Einordnung des Menschen in die Abhängigkeit der Natur, mit deren Funktionieren sein Wohlergehen organisch verbunden ist. Damit weisen die Zeichnungen aus der Mitte der achtziger Jahre auf die jüngste Werkgruppe voraus: Die Skulpturen und Bilder, die 1990 bis 1992 oberhalb von Lugano entstanden und jüngst unter dem Titel «Unterwegs» zu sehen waren, haben die Gefühle der Befreiung und Angst aus dieser Situierung zum Thema. In den vier «Handköpflern» werden die Jahreszeiten zum menschlichen Antlitz; sein Blick lenkt die Kreativität der Hände.

Gerhard Mack

42 O.T. 1986

43 PORTRÄT MIT BLUMEN, 1984

44 O.T. 1986

45 NAGENDER MUSKEL, 1986

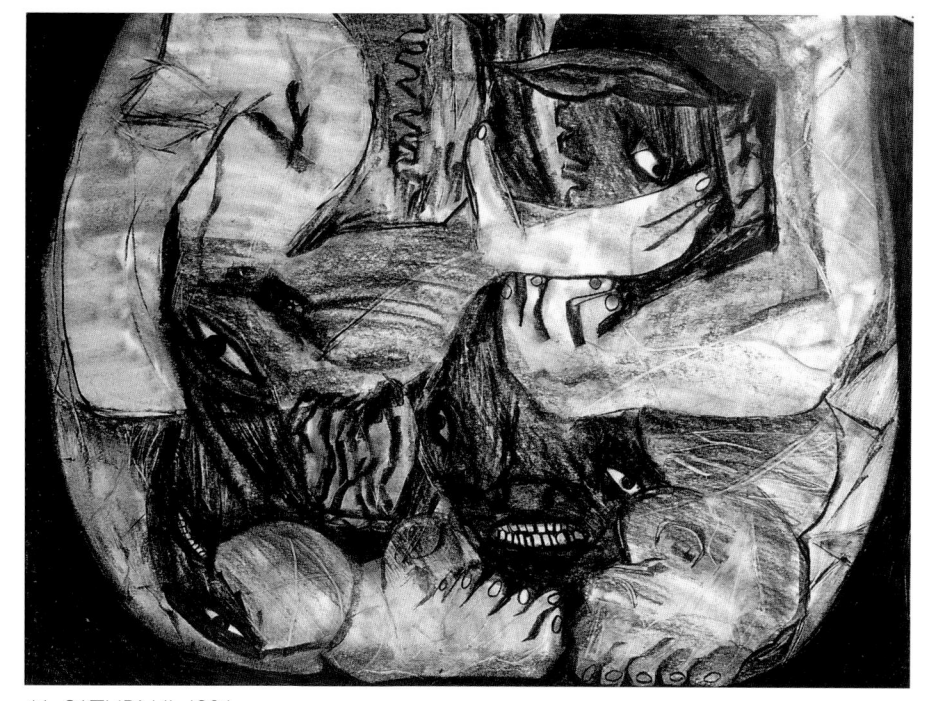

46 SATURN II, 1986

47 VIERJAHRESZEITEN, 1991/92

TED SCAPA

«Hab ich es schon gesagt, ich lerne sehen. Ja, ich fange an. Es geht noch schlecht. Aber ich will meine Zeit nutzen. Dass es mir z.B. nicht zum Bewusstsein gekommen ist, wieviele Gesichter es gibt. Es gibt eine Menge Menschen, aber noch viel mehr Gesichter, denn jeder hat mehrere. Da sind Leute, die tragen ein Gesicht jahrelang, natürlich nützt es sich ab, es wird schmutzig, es bricht in den Falten, es weitet sich aus wie Handschuhe, die man auf der Reise getragen hat»[1] – an diese Worte von Rilke aus den «Aufzeichnungen des Malte Laurids Brigge» könnte man durch die Gesichter in Scapas Zeichnungen erinnert werden. Sie verknüpfen sich mit der Frage, warum gerade jenes aus all den Tausenden von Gesichtern in der Erinnerung hängen bleibt. Was spiegelt es vom eigenen inneren Gesicht, was bildet es ab. In den eigens für diese Ausstellung gezeichneten Gesichtern von Ted Scapa lässt sich aber auch die Sichtweise unserer Zeit ablesen, das Bewusstsein davon, dass wir die Gesichter am Bildschirm – anders als Rilke – nicht mehr selber auslesen, dass wir mit ihnen zwar frontal und in verzerrter Nahsicht konfrontiert sind, ihnen aber nicht mehr begegnen. Diese Scheinbegegnungen entlarvt der Zeichner. Durch den Hohlraum, welchen er durch die Eigenart seiner Linie schafft, wird die Abwesenheit eines Volumens evoziert: Leere.

Scapas Gesichter entlarven nicht nur unsere Sehweise, sondern auch Klischees menschlichen Gebarens, das Gesicht, dass man zutage trägt. Die so «durchschauten» Gesichter werden zu Gesichten. Hinter den kritischen Beobachtungen verbirgt sich der Cartoonist Scapa, der mit wenigen Strichen eine Situation «aus dem Leben» einfängt und entlarvt. Während die Cartoons zum erlösenden Lachen über die erkannte Situation führen, bleibt durch die Larve der gezeichneten Gesichter hindurch das «andere» Gesicht hängen.

Da sind die sieben Gesichter, zusammengefasst zu dem einen, das – einer Sprechblase gleich – einem Körper entsteigt, angedeutet durch die Rundungen der Schulterpartie, die für die Erdball-Rundung stehen kann. Die Gesichtsmerkmale sind nur gerade als Grapheme angedeutet, als seien sie schon vom Erlöschen gezeichnet. Dass der Tod in ihnen verborgen ist, spricht das eine, zum Totenschädel geformte, deutlich aus. Das weisse leergelassene Gesichtsfeld, das sich leicht rundet, wird wie die Oberfläche einer Glühbirne, die kurz aufleuchtet und mit einem Druck zum Erlöschen gebracht werden kann. Sind die aus der Erde aufsteigenden Menschen-Gesicher ein Gesicht der Erde, welcher sie als eine kurzlebige Seifenblase erscheint?

Ein Kennzeichen von Scapas Linie, der Linie des Zeichners, mit welcher er Umrisse und Binnenstruktur des Gesichtes formt, ist die Zerbrechlichkeit. Im breit, aber fein aufgetragenen Kohlestrich spürt man das Vibrieren der einzelnen Partikel, die ein Zittern in das Gesicht bringen; breitere Flächenbetonungen sind verwischt. Die Zeichnung ist für Scapa jenes Medium, durch welches sich das Erscheinungshafte in seinem Wesen einfangen lässt. Die Linie ist bereit zum Skizzenhaften, Flüchtigen, aber auch zum Präzisen einer Impression. Sie ist jederzeit bereit, weiterzugehen, sich nicht festzulegen. Die Linie transportiert auch unmittelbar die Empfindungen aus dem Unbewussten, so dass das gezeichnete Gesicht auch immer ein inneres Gesicht ist.

Nicht nur die Seifenblase des Menschheitsgesichtes, auch die einzelnen Gesichter haben etwas Zerbrechliches, zeigen die Fragilität ihrer Maskierung auf:

Das Gesicht in der Hand: Man hat das Gesicht im Griff, doch wie wenig braucht es, bis es zerdrückt ist? Das verborgene Gesicht: Kann es, im Versteckspiel mit den vielen Schalen als ein verborgener Kern einmal ganz verschwinden? Der Gesichter-Turm: Wird er sich halten können? Das verschlossene Gesicht: Werden ihm die Rolladen zum Gefängnis werden? Das aus der Fassung geratene Gesicht: ein Kreisen im Leeren?

In Scapas Gesichtern blitzt ein Humor in seinem ursprünglichen Sinne auf, einer «lächelnden Gelassenheit, trotz Einsicht in die Unzulänglichkeit und Tragik eigenen und fremden Lebens, Treibens und Irrens»[2].

Tina Grütter

---

[1] Rainer Maria Rilke, Die Aufzeichnungen des Malte Laurids Brigge, Bibliothek Suhrkamp, Frankfurt/Main, 1979, S.9.
[2] Zit. nach Herders Sprachbuch, Freiburg i.B. 1960, S. 266.

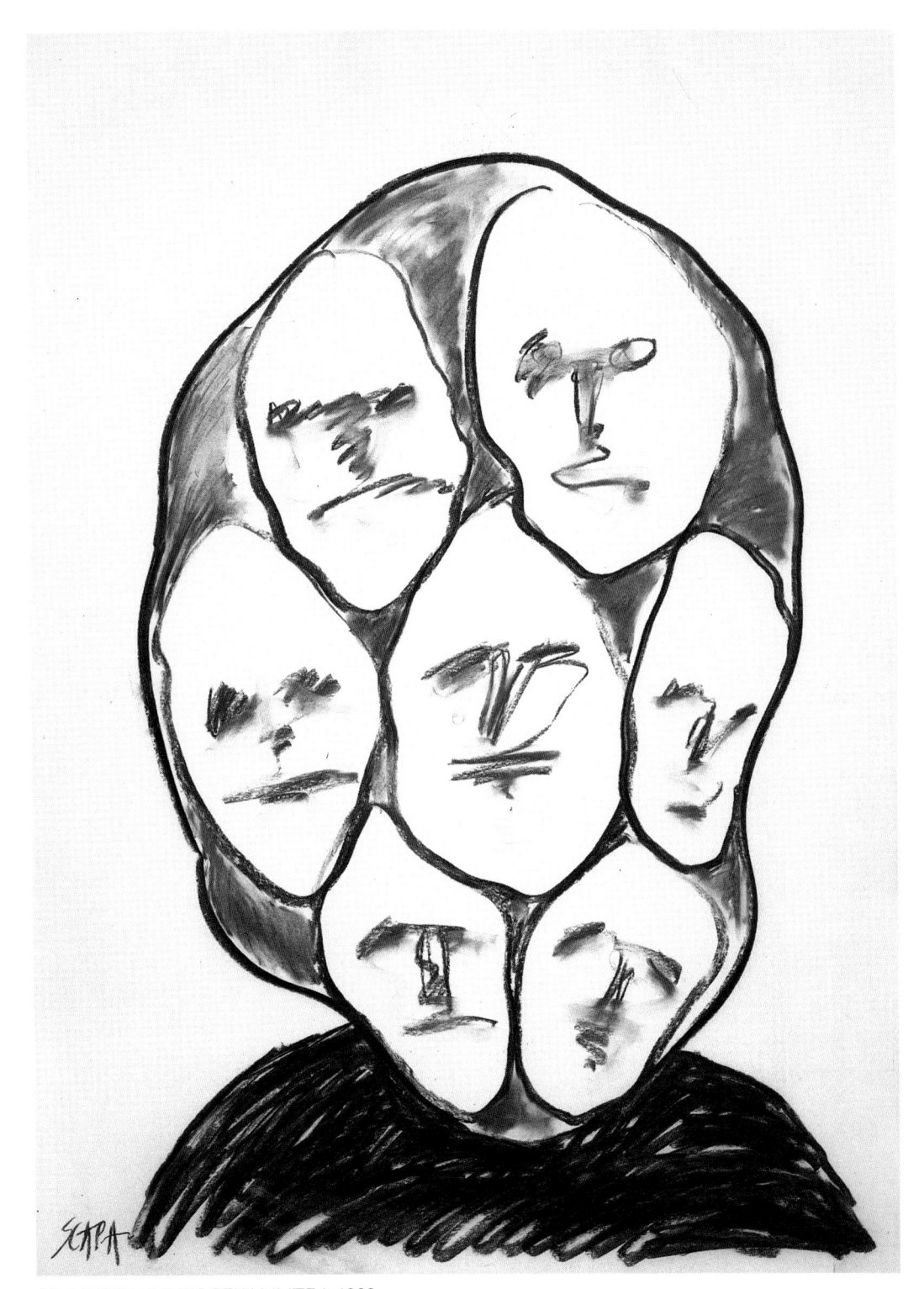

48 UNBEKANNTE BEKANNTE I, 1993

TED SCAPA

49 PILZE, 1993   50 IM GRIFF, 1993

51 FLOSSIL, 1993
52 VERSTORT, 1993

TED SCAPA

53 UNBEKANNTE BEKANNTE II, 1993   54 INNERUNG, 1993

55 GERN, 1993

56 WIRBEL, 1993

KÜNSTLERBIOGRAFIEN

MARTIN DISLER

geboren am 1. März 1949 in Seewen, Solothurn

- 1969 Erstes Künstleratelier in Solothurn
- 1970 Graphikpreis des Kantons Solothurn
- 1973 Studienaufenthalte in Paris und Bologna
- 1974 Studienreise in Italien
- 1976/77 Kiefer-Hablitzel-Stipendium
- 1977 Studienreise in den USA zusammen mit Rolf Winnewisser
- 1979/80 Lebt und arbeitet in Zürich
- ab 1981 Verschiedene Aufenthalte in den USA und Holland
- 1985 Bremer Kunstpreis
- 1987 Preis für Junge Schweizer Kunst der Zürcher Kunstgesellschaft

lebt und arbeitet in Les Planchettes bei La Chaux-de-Fonds

Wichtige Einzelausstellungen seit 1985
- 1985 Mannheimer Kunstverein, Mannheim
  Museum Folkwang, Essen
  Musée d'art moderne de la ville, Paris
  Kunsthalle Bremen, Bremen
- 1986 Museu de Arte Moderna, São Paolo
- 1987 Kestner-Gesellschaft, Hannover
  Kunsthaus, Zürich
  Württembergischer Kunstverein, Stuttgart
  Museum Moderner Kunst, Wien
  Museum für Neue Kunst, Freiburg im Breisgau
- 1988 Kunsthaus, Zürich
  Museum Overholland, Amsterdam
  Circulo de Bellas Artes, Madrid
- 1989 Cabinet des estampes, Genf
- 1991 Kunsthalle Basel
  Kunstmuseum Solothurn

LEIKO IKEMURA

geboren am 22. August 1951 in Tsu Mie (Japan)

- 1969–72 Studium an der Universität Osaka
- 1972 Aufenthalt in Spanien
- 1973–78 Escuela Superior de Bellas Artes de Santa Isabel de Hungaria, Sevilla
- 1976 Preis der Asociacion Universitaria de Espagna
- 1978 Preis der Kunsthochschule Sevilla
- 1979 Niederlassung in Zürich
- 1981 Stipendium der Stadt Zürich
  Kiefer-Hablitzel-Stipendium
- 1982 Kaiserswerther Kunstpreis, Düsseldorf
  2. Preis der Internationalen Zeichentriennale der Jugend, Nürnberg
  Preis der Stiftung für Graphische Kunst in der Schweiz, ETH Zürich
- 1983 Stadtzeichnerin von Nürnberg

lebt und arbeitet in Köln

Wichtige Einzelausstellungen seit 1985
- 1985 Rheinisches Landesmuseum, Bonn
- 1986 Kunstmuseum, Thun
- 1987/88 Museum für Gegenwartskunst, Basel
- 1988 Musée cantonal des Beaux-Arts, Lausanne
  Neue Galerie der Stadt Linz

Wichtige Gruppenausstellungen seit 1985
- 1988 Biennale, Tokio

ROLF ISELI

geboren am 22. Januar 1934 in Bern

- 1950–54 Kunstgewerbeschule in Bern
- 1955 Aufenthalt in Paris
- 1960 Niederlassung in St. Romain (Burgund)
- 1962–89 Aufenthalte in New York, Moskau und China

lebt und arbeitet in Bern und St. Romain (Burgund)

Wichtige Einzelausstellungen seit 1985
- 1985 Cabinet des estampes, Genf
- 1987 Museum zu Allerheiligen, Schaffhausen
- 1988 Overbeck-Gesellschaft, Lübeck
  Graphik-Sammlung der ETH, Zürich
- 1989 Wilhelm-Hack-Museum, Ludwigshafen/Rh.
- 1990 Petit Palais, Paris
  Musée cantonal des Beaux-Arts, Lausanne
- 1993 Pinacoteca comunale Casa Rusca, Locarno

Wichtige Gruppenausstellungen seit 1985
- 1988 Biennale, Tokio
- 1989 4. Triennale Fellbach, Kleinplastik

TOMAS KRATKY (TOMAS SMIDEK)

geboren am 22. April 1961 in Ostrava, der ehemaligen CSFR.
1968 Übersiedlung in die Schweiz
1981 Beginn der künstlerischen Tätigkeit. Besuche von Kursen an der Kunstgewerbeschule in Bern
1983 Louise Aeschlimann-Stipendium
lebte und arbeitete in Burgdorf, starb 1988 nach einer unheilbaren Krankheit

Wichtige Einzelausstellungen seit 1985
1991 Kunstmuseum Bern
1992 Kunsthaus Zug

GASPARE O. MELCHER

geboren am 17. September 1945 in Chur
1968/69 Sommerakademie Salzburg, Schüler von Emilio Vedova
1969 Preis der Stadt Salzburg
1970 Reisen nach Sardinien und Tunesien
1971–74 Kiefer-Hablitzel-Stipendium Stipendium der Stadt Zürich
1973 Preis der Stiftung Landis & Gyr, Zug
1974 Holland-Stipendium
1975 Preis der Graphischen Stiftung in der Schweiz, Zürich
1976 Prix de la ville de Genève
1978 Prix de la ville de Genève
1985 Preis der Internationalen Graphiktriennale, Grenchen
1989 Anerkennungspreis des Kantons Graubünden
lebt und arbeitet in Vada/Livorno (I)

Wichtige Einzelausstellungen seit 1985
1987 Museum zu Allerheiligen, Schaffhausen
1989 Aargauer Kunsthaus, Aarau
1990 Museum Bochum, Bochum
1992 Bündner Kunstmuseum, Chur

WILFRID MOSER

geboren am 10. Juni 1914 in Zürich
Auslandaufenthalte in Italien, Deutschland, Spanien und Nordafrika.
1945 Niederlassung in Paris
Studium der Malerei bei André Lhote und Fernand Léger
1958 Biennale Venedig
1959 Biennale São Paulo
1971–78 Zentralpräsident der GSMBA
1980 Biennale Venedig
1984 Preis des Kantons Zürich
1985 Chevalier des Arts et Lettres
1989 Kunstpreis der Stadt Zürich
1993 Officier des Art et Lettres
lebt und arbeitet in Zürich, Ronco und Paris

Wichtige Einzelausstellungen seit 1985
Verschiedene Ausstellungen Galerie Jeanne Bucher Paris
1992 FIAC Paris
1993 Kunsthaus Zürich

PETER RADELFINGER

geboren am 2. Februar 1953 in Bern-Bümpliz
1983   Louise Aeschlimann-Stipendium
         Werkbeitrag der Stadt und des
         Kantons Bern
1984   Werkbeitrag der Stadt und des
         Kantons Bern
1993   Atelier der Stadt Zürich in der
         Cité Internationale des Art, Paris
Lehrbeauftragter an der Schule für
Gestaltung, Zürich

Wichtige Einzelausstellungen seit 1985
1990   Shedhalle, Zürich
         Künstlerhaus Weidenallee,
         Hamburg
1992   Centre Pasquart, Biel
lebt und arbeitet in Zürich

MARKUS RAETZ

geboren am 6. Juni 1941 in Büren a. d. Aare
1957–61   Lehrerseminar in Hofwil und
         Bern. Erste künstlerische
         Arbeiten.
1963   Eidg. Kunststipendium
1964   Louise Aeschlimann-Stipendium
         Kiefer-Hablitzel-Stipendium
1965   Eidg. Kunststipendium
1966   Louise Aeschlimann-Stipendium
1967   Preis der «Jeune gravure suisse»
         der Stadt Genf
1969–73   lebt in Amsterdam. Längere
         Auslandaufenthalte in Spanien
         und Nordafrika.
1971   Preis der «Jeune gravure suisse»
         der Stadt Genf
1973–76   lebt in Carona im Tessin.
         Längere Aufenthalte in Italien und
         Nordafrika.
1988   Preis der Triennale für Original-
         graphik, Grenchen
lebt und arbeitet in Bern

Wichtige Einzelausstellungen seit 1985
1986   Kunsthaus Zürich
         Köln, Kölnischer Kunstverein
1987   Stockholm, Moderna Museet
1988   New York, New Museum
         of Contemporary Art
1989   Basel, Museum für Gegenwarts-
         kunst
1991   «Die Druckgraphik», Kunst-
         museum Bern, Musée d'art et
         d'histoire, Genf

Wichtige Gruppenausstellungen seit 1985
1988   Biennale, Venedig

PETER ROESCH

geboren am 18. Januar 1950 in Aarau
1967–75   Schule für Gestaltung, Luzern
1975   Eidg. Kunststipendium
1975–77   Gast am Schweizer Institut
         in Rom
1977   Kiefer-Hablitzel-Stipendium
1980   Kiefer-Hablitzel-Stipendium
1981–82   Aufenthalt in Paris
1982   Eidg. Kunststipendium
1983   Eidg. Kunststipendium
lebt und arbeitet in München

Wichtige Einzelausstellungen seit 1985
1988   Musée des Beaux-Arts,
         La Chaux-de-Fonnds
1990   Helmhaus, Zürich
1991   Aargauer Kunsthaus, Aarau

Wichtige Gruppenausstellungen seit 1985
1985   3. Internationale Triennale der
         Zeichnung, Kunsthalle Nürnberg

KLAUDIA SCHIFFERLE

geboren am 22. September 1955 in Zürich
1973–76 Schule für experimentelle Gestaltung F+F, Zürich
1975 Stipendium der Stadt Zürich
1977/80 Förderungsbeiträge des Kuratoriums für die Förderung des kulturellen Lebens des Kantons Aargau
1982 Kiefer-Hablitzel-Stipendium
1989 Preis für Junge Schweizer Kunst der Zürcher Kunstgesellschaft
1989–91 Aufenthalt in Mailand
lebt und arbeitet im Malcantone, Tessin

Wichtige Einzelausstellungen seit 1985
1986 Kunstverein München, München
 Bonner Kunstverein, Bonn
 Aargauer Kunsthaus, Aarau
1989 Kunsthaus Zürich
1992 Museum zu Allerheiligen, Schaffhausen
 Ulmer Museum, Ulm

Wichtige Gruppenausstellungen seit 1985
1986 7. Biennale Européenne de la Gravure de Mulhouse, Mulhouse
1989 4. Triennale Fellbach, Kleinplastik

CÉCILE WICK

geboren am 3. Dezember 1954 in Merenschwand (AG)
1974–78 Studium der Kunstgeschichte, Literatur und Theater an der Universität Zürich und Paris
1982–84 Werkbeiträge des Kantons Zürich
1984/86/89 Kunststipendien der Stadt Zürich Atelier des Kantons Zürich, Paris
1986 Atelierstipendium, PS1, New York, Stiftung Binz 39
1987 Atelierstipendium, Princetown, Mass., USA
1988 Atelierstipendium mit Lehrauftrag an der University of California, Davis Stipendium der Pro-Arte-Stiftung
1989 Kunststipendium der Stadt Zürich Kulturpreis des Kantons Thurgau
1991–92 Atelierstipendium in Kairo, Ägypten
lebt und arbeitet in Zürich

Wichtige Einzelausstellungen seit 1985
1990 Kunstmuseum des Kantons Thurgau, Kartause Ittingen
1992 Photoforum Pasquart, Biel

TED SCAPA

geboren am 17. Januar 1931 in Amsterdam
Zeichner, Autor zahlreicher Bücher, Arbeiten in nationalen und internationalen Zeitungen und Zeitschriften, Ausstellungen im In- und Ausland
lebt in Vallamand VD

VERZEICHNIS DER ABBILDUNGEN

ROLF ISELI

1
Der Elfenoueler, 1984
Acryl, Erde, Graphik, Kohle, Pulverfarbe
150 × 104 cm
Privatbesitz, Bern

2
Ursteigring, 1992
Erde, Blech, Acryl, Kohle, Gouache, Pastell
105 × 75 cm
Collection privée, Genève

3
Ur-Ur-Urvater aller Rostigen St. Romain, 1987
Blech, Erde, Kohle, Acryl, Pastell, Gouache
130 × 100 cm
Privatbesitz, Feldmeilen

4
Nachdenken, 1992
Kaltnadel, Erde, Kohle, Gouache
79 × 53,5 cm
Collection privée, Genève

WILFRID MOSER

5
In der Metro, 1990
Öl auf Leinwand, 67 × 87 cm

6
Das Gesicht, 1990
Öl auf Leinwand, 92 × 73 cm

7
Die Engel bleich und blass, 1989/90
Öl auf Leinwand, 116 × 81 cm

8
Métro Crimée, 1963
Öl auf Leinwand, 114 × 146 cm

MARTIN DISLER

9
Silent Blues, 1989/91
Acryl/Quarzsand, 250 × 256 cm
Courtesy Galerie Elisabeth Kaufmann, Basel

10
Red piece of waste land, 1990/92
Acryl/Quarzsand, 190 × 225 cm
Courtesy Galerie Elisabeth Kaufmann, Basel

11
Zentrifugal, 1989/91
Acryl/Quarzsand, 250 × 210 cm
Courtesy Galerie Elisabeth Kaufmann, Basel

LEIKO IKEMURA

12
Haus-Frau, 1991
Bronze, 21,5 × 21 × 22,5 cm

13
Ohne Titel, 1991
Bronze, 46 × 23 × 16,5 cm

14
Figur-Grün, 1991
Keramik, 46 × 23 × 16,5 cm

15
Ohne Titel, 1991
Keramik, 28 × 23 × 24 cm

16
Figur-Weiss, 1992
Keramik, 41 × 24,5 × 13 cm

TOMAS KRATKY

17
Bellini, 1987
Öl/Baumwolle, 64 × 54 cm
Eliska Kratky, Burgdorf

18
Vesna, 1987
Öl/Baumwolle, 43 × 45 cm
Kunsthaus Zug, Dauerleihgabe
Vesna Bechstein

19
Marrakesch, 1987
Öl/Baumwolle, 53,5 × 33 cm
Kunstmuseum Bern, Sammlung Toni Gerber

20
Kopf (Grünewald), 1985/86
Öl/Baumwolle, 50 × 40 cm
Privatbesitz, Bern

21
Der Narziss, 1987
Öl/Baumwolle, 191 × 97 cm
Genossenschaft Migros, Bern

PETER RADELFINGER

22
Aus der 60teiligen Serie
«Gefäss der Erinnerung», 1991/92
Mischtechnik, je 29,6 × 20,9 cm

CÉCILE WICK

23
Ohne Titel, 1991
Fotoleinwand, 111 × 99 cm

24
Ohne Titel (Aus der Serie «Gesichte»), 1992
Fotoleinwand, 114 × 82 cm

25
Ohne Titel (Aus der Serie «Gesichte»), 1992
Fotoleinwand, 114 × 82 cm

26
Ohne Titel (Aus der Serie «Gesichte»), 1992
Fotoleinwand, 116 × 90 cm

27
Ohne Titel (Aus der Serie «Gesichte»), 1992
Fotoleinwand, 116 × 90 cm

28
Ohne Titel (Aus der Serie «Gesichte»), 1992
Fotoleinwand, 116 × 90 cm

MARKUS RAETZ

29
Reflexion I, 1991
Heliographie, 48,3 × 65,5 cm
Cabinet des estampes, Genève

30
Reflexion II, 1991
Heliographie, 48,4 × 65,6 cm
Cabinet des estampes, Genève

31
Reflexion III, 1991
Heliographie, 48,7 × 65,6 cm
Cabinet des estampes, Genève

32
Person D, 1985
Aquatinta, Bild 21,5 × 24,5 cm (8 Zustände)
5. Zustand
Nachlass Werner Hartmann

33
Person D, 1985
Aquatinta, Bild 21,5 × 24,5 cm (8 Zustände)
6. Zustand
Nachlass Werner Hartmann

PETER ROESCH

34
Gruppenbild, 1988
Tempera/Baumwolle, 205 × 225 cm
Courtesy Galerie Anton Meier, Genève

35
o.T. 1992
Kohle/Papier, 29,6 × 40,2 cm

36
o.T. 1992
Tempera, Fettstift/Papier, 48,8 × 62,5 cm

37
o.T. 1991
Kohle/Papier, 42 × 53,5 cm

38
o.T. 1991
Tusche, Tempera/Papier, 36,5 × 45,5 cm

GASPARE OTTO MELCHER

39
Veronica Fig. Nr. 3, 1992
Collage, 125 × 150 cm
Courtesy Brandstetter & Wyss

40
o.T. 1990
Tempera/Leinwand, 130 × 95 cm
Courtesy Brandstetter & Wyss

41
Teorema Nr. 26, Stephen Gray, 1990
Tempera/Leinwand, 150 × 150 cm
Courtesy Galerie Anton Meier, Genf

KLAUDIA SCHIFFERLE

42
o.T. 1986
Kohle, Ölpastell, 35,4 × 42,5 cm
Courtesy Galerie Elisabeth Kaufmann, Basel

43
Porträt mit Blumen, 1984
Blei, Aquarell, Pastell, 40,8 × 29,3 cm
Courtesy Galerie Elisabeth Kaufmann, Basel

44
o.T. 1986
Kohle, Ölpastell, 43 × 35,5 cm
Courtesy Galerie Elisabeth Kaufmann, Basel

45
Nagender Muskel, 1986
Graphit, 35,4 × 43 cm
Courtesy Galerie Elisabeth Kaufmann, Basel

46
Saturn II, 1986
Graphit, 46,5 × 63,7 cm
Courtesy Galerie Elisabeth Kaufmann, Basel

47
Vierjahreszeiten, 1991/92
vierteilig
Zement, 18 × 66 × 42 cm
Museum zu Allerheiligen Schaffhausen,
Geschenk der Jubiläumsstiftung
der Schweiz. Bankgesellschaft

TED SCAPA

48
Unbekannte Bekannte I, 1993
Kohle/Karton, 104 × 74 cm

49
Pilze, 1993
Kohle/Papier, 29,6 × 21 cm

50
Im Griff, 1993
Kohle/Papier, 29,6 × 21 cm

51
Flossil, 1993
Kohle/Papier 29,6 × 21 cm

52
Verstort, 1993
Kohle/Papier, 29,6 × 21 cm

53
Unbekannte Bekannte II, 1993
Kohle/Papier, 29,6 × 21 cm

54
Innerung, 1993
Kohle/Papier, 29,6 × 21 cm

55
Gern, 1993
Kohle/Papier, 29,6 × 21 cm

56
Wirbel, 1993
Kohle/Papier, 29,6 × 21 cm

FOTONACHWEIS

Aellig, Roland, Bern 41, 43
Galerie Limmer, Freiburg i. Br. 15, 16
Galerie van de Loo, München 21, 22
Galerie Nathan, Zürich 19, 20
Genossenschaft Migros, Bern 67
Haag, Filip, Bern 63
Howald, G., Kirchlindach 66
Hubschmid, Bruno, Zürich 97–99
Paul Klee-Stiftung, Bern 12, 13
Kunsthaus Zürich 25
Kunstmuseum Bern 65
Kunstmuseum Winterthur 9, 10
Krugier-Ditesheim Art contemporain, Genf 42, 45
Masolotti, Antonio, Genf 85–87
Musées royaux des Beaux Arts de Belgique, Bruxelles 11
Musée d'art moderne, Liège 11
Museum Wiesbaden 26, 27
Neue Galerie der Stadt Linz 29
Ottiger, Alois, Zug 64
Roesch, Peter, München 91–95
Schnepf, Lothar, Köln 57–61
Stedeljik Museum, Schiedam 23
Stiftung Seebüll Ada und Emil Nolde, Neunkirchen 17, 18
Tate Gallery, London 23
Rolf Wessendorf, Schaffhausen 47–51, 53–55, 69–73, 88, 89, 101–105
Cécile Wick, Zürich, 75–80